李雲鶴

以匠心守古今

以恒心续文明

在本凡岗位上努力创造不平凡

“大国工匠人物传”丛书

李云鹤

与时间赛跑的『壁画医生』

方鸿琴◎著

中国工人出版社

图书在版编目（CIP）数据

李云鹤：与时间赛跑的“壁画医生” / 方鸿琴著. 北京：中国工人出版社，2025. 9. -- ISBN 978-7-5008-8768-3

Ⅰ. I25

中国国家版本馆CIP数据核字第2025KP6707号

李云鹤：与时间赛跑的“壁画医生”

出 版 人　董　宽
责任编辑　陈培城
责任校对　张　彦
责任印制　黄　丽
出版发行　中国工人出版社
地　　址　北京市东城区鼓楼外大街45号　邮编：100120
网　　址　http://www.wp-china.com
电　　话　（010）62005043（总编室）
　　　　　（010）62005039（印制管理中心）
　　　　　（010）62379038（社科文艺分社）
发行热线　（010）82029051　62383056
经　　销　各地书店
印　　刷　宝蕾元仁浩（天津）印刷有限公司
开　　本　880毫米×1230毫米　1/32
印　　张　5.25
字　　数　88千字
版　　次　2025年9月第1版　2025年9月第1次印刷
定　　价　49.00元

国之大者，工匠先行

——“大国工匠人物传”丛书总序

在中华全国总工会成立100周年之际，全国总工会宣传教育部、中国报告文学学会、中国工人出版社联合开展了“文艺工作者走基层”活动，推出“大国工匠人物传”丛书，向全国总工会献礼，向广大劳动者致敬！

“知者创物，巧者述之守之，世谓之工。百工之事，皆圣人之作也。”这是中国所见年代最早的关于手工业技术文献《考工记》中对工匠的记载。“工”之责在于造物，“匠”者为能工鼎识者也。

幼时，老家云南昆明大板桥的老街上，从南头到北头，都是大大小小的手艺人，木匠、石匠、焗匠、骟匠、竹篾匠、鞋匠、箍桶匠……空气中飘荡着木匠的刨花香和石匠敲打出来的粉尘，充满着焗匠手中皮带的“吱扭扭”声、骟匠刀下小猪猡的闷哼、箍桶匠皮锤不轻不重的敲击声。老街上的竹篾匠是我的一个表姨夫，他来自四川，有着一手出神入化的编造竹篾手艺。粗壮的毛竹是表姨夫手中的“百万雄兵”，在一把锋利无比的刀的指挥下，被劈成厚薄、粗细不一的篾。表姨夫的本领仅次于撒豆成兵的天神，他能化篾成物，一般家里能见到、用到的器物，他都能用竹篾编出来。母亲曾命我在老街上买一个暖水瓶的内胆，然后去表姨夫的摊位上，坐等他为暖水瓶胆编制一件竹制的外壳。那个暖水瓶至今还在我家老屋的一个角落里。竹篾壳早已被岁月包了浆，虽然久不使用，却依然油润、红亮。这便是我幼时对匠人的记忆。

五千多年的中华历史长河中，涌现出了无数能工巧匠，他们或如明月光照，或如星河璀璨。一代代薪火相传的工匠精神，不仅成就了那些流芳百世的绝世建筑与器物，更是烛照我们通向文明现代化进程的精神之光，是我们文化的自信心、民族的根与魂。

从“嫦娥”探月到“祝融”探火，从“北斗”组网到“蛟龙”深潜，从港珠澳大桥横跨三地到大兴国际机场凤凰腾飞……这些挺起中华民族脊梁的大国重器、世纪工程背后，无不凝聚着万千工匠的心血和汗水，映照着工匠们孜孜以求、拼搏奋进的身影。

本套丛书收录的是全国总工会历年评选出的大国工匠

的人物传记。他们当中有焊接高铁的“工人院士”李万君、打破国外高端设备维修垄断的王树军、让中国锻件立于世界之巅的刘伯鸣、“人刀合一”的顶级钳工李凯军、在高空“穿针引线”的竺士杰、油田里的创新能手刘丽、了不起的“钢铁裁缝”艾爱国、数控机床上的“雕刻师”孟维、让三星堆文物“活”起来的郭汉中……他们有的是传统加工业的锻造者，为了突破技术瓶颈精益求精；有的是新兴制造业的探路者，为了实现精密制造巧思妙想；有的是军工行业的铸剑者，为了打造国之重器默默坚守；有的是民间手工艺的守护者，为了传承非遗文化精雕细琢……他们奋战在国防军工、装备制造、传统工艺等行业的第一线，以久久为功的钻研和创新，造就了一个个传奇。

这些杰出的工匠，尽管行业不同、岗位不一，成长经历各异，但他们都有着爱党爱国、敬业奉献、创新争先的优秀品质。他们耐得住清贫与寂寞，用灵巧的双手和精湛的技艺，数十年如一日地在平凡的岗位上雕琢自己心中的梦想，以实际行动诠释着“执着专注、精益求精、一丝不苟、追求卓越”的工匠精神。“天下大事，必作于细。”工匠精神既是中华民族技艺世代传承的价值理念，又是中国开启新征程，从制造业大国迈向制造业强国的时代需要。

“大国工匠是我们中华民族大厦的基石、栋梁。”2024年3月5日，习近平总书记参加十四届全国人大二次会议江苏代表团审议时强调“树立工匠精神”，指出“没有金刚钻，揽不了瓷器活”，要“把第一线的大国工匠一批一批培养出来”。党的十八大以来，习近平总书记对建设高素质劳动大军高度重视，强调“当代工人不仅要有力量，还要有智慧、有技术，能发明、会创新，以实际行动奏响时代主旋律”，深刻阐述工匠精神“执着专注、精益求精、一丝不苟、追求卓越”的内涵要义，号召全社会弘扬工匠精神，“为全面建设社会主义现代化国家、实现中华民族伟大复兴的中国梦提供有力人才和技能支撑”。

“匠心聚，百业兴。”无论是传统产业，还是新兴产业、未来产业，大国工匠在发展新质生产力的历史进程中不可或缺。随着经济发展方式转型和产业结构升级，中国要实现由制造大国向制造强国的转变，实现由中国制造向中国创造的跨越，离不开广大劳动者的创新和创造，更离不开对工匠精神的继承和发扬，于是呼唤更多大国工匠成为时代强音。

文艺是时代进步的号角，最能代表一个时代的风貌，最能引领一个时代的风气。中国报告文学学会、中国工人出版社联袂推出“大国工匠人物传”丛书，以图书的形式为大国工匠树碑立传，让他们的故事和精神具有更广泛的交流传播价值和长久的史料价值。本套丛书的写作者奔赴大国工匠生活的城市，深入大国工匠工作的厂区、车间、工作室，获取了全面细致的第一手材料，最终将大国工匠的成长、成才故事呈现在读者面前。

“大国工匠人物传”丛书讲述的是个人奋斗史，也描绘出大国工匠的群体形象。可以说，这套丛书是目前国内系统研究众多大国工匠人生轨迹的权威读本，既有对每位大国工匠的整体介绍和事迹梳理，又有具体的事件、案例，全面、生动地展示了大国工匠各个人生时期的工作和生活状态。

新时代是奋斗者的时代，中国式现代化建设新征程这一宏伟事业为广大工匠技能人才成就梦想提供了广阔舞台。每位劳动者都是主角，都可以成为工匠精神的践行者。大国工匠是新时代的最美奋斗者，更是和平年代当之无愧的英雄。

国之大者，工匠先行，向着中华民族伟大复兴的目标砥砺奋进，行稳致远。

是以为序。

目　录

楔子

2024年11月，虽是初冬时节，北京依然暖阳高照，我踏上了前往敦煌的旅途。当飞机抵达敦煌机场时，已是第二天凌晨。此刻的敦煌十分安静，仿佛整个城市都在沉睡中，唯有空中的细小雪花调皮地自在飘舞。我小心翼翼地行走在夜色中，生怕打扰了这份宁静。

清晨6点半，闹钟像往常一样把我叫醒。洗漱完毕，我来到酒店的餐厅准备用早餐。等餐期间，我特意朝窗外望去，想看看雪下了多厚，却不料映入眼帘的是一片漆黑。餐厅服务员告诉我，敦煌这个时节要等到上午 8 点半以后天才慢慢亮起来，但是大人和孩子们却都已起来工作学习了。

对于这片承载着千年厚重文化的土地和在此守护并还文物以原貌的工作者，我充满好奇与期待，静静地等着太阳从东方破晓。

上午 9 点半，我准时来到李云鹤在敦煌研究院住宅区的住所，轻叩门扉后，李老亲自来开门。初见李老，他身着白条衬衫和湖蓝毛衣，银发茂密，身材挺拔，文质彬彬的气质与文物修复师的工作很相符。他声音洪亮地与我寒暄，一点儿也不像 92 岁的老人。李老的老伴儿王秀英则忙着洗水果、沏茶，她的笑容慈爱而温暖。

我们落座后，李老就开始跟我说起那过去的故事。他从 1956 年的冬天说起……他越说越投入，我越听越着迷。

第一章 偶然过敦煌，结缘莫高窟

1932 年 9 月 18 日，李云鹤出生在山东青州的一个普通家庭。家里兄弟姐妹五人，他排行老二。由于父亲早逝，母亲一人抚养五个孩子十分困难，他从小便被寄养在外祖父家。

出生在战争年代的李云鹤，生活艰难，求学之路也异常艰辛。

上小学时，经常有飞机轰炸，一听到飞机的声音，他和同学们就赶紧拿起书本跑出教室，把书本埋到事先挖好的土坑里，以免被烧毁，然后躲藏起来。等飞机离开后，他们扒出书本，回到教室继续上课。就这样，在战火中，他断断续续地完成了小学学业。

上中学时，战乱减少，生活稍微安定了一些。李云鹤也会和同学结伴去云门山、驼山游玩。

李云鹤的家乡青州位于山东半岛中部，是潍坊市下辖的县级市。青州之名，始见《尚书·禹贡》中的“海岱惟青州”，为古“九州”之一。青州不仅风景秀丽、气候宜

青少年时期的李云鹤

人，还积淀着厚重悠久的古韵文化。

青州城南有两座山，一座叫“云门山”，一座叫“驼山”。两座山都不高，却都因凿有精美的佛教造像而闻名遐迩。

云门山，海拔 421 米。早在隋、唐、宋时期就深受佛、道两家的青睐。山巅的天仙玉女祠是典型的元代全石无梁拱形建筑，别具匠心。山阳石壁上有隋、唐石窟 5 处，石佛造像 272 尊。山阴处有国内罕见的明代摩崖巨刻“寿”字，可谓“寿比南山”。

驼山与云门山东西相望，因山形似驼，故称“驼山”。驼山石窟共有 638 尊造像，造型、神态各异，种类繁多，雕凿技艺精湛。驼山石窟是中国古代石窟艺术的杰出代表之一，被誉为“中国东部最大的石窟造像群”。

那时的李云鹤只是去玩，对洞窟、塑像这些东西，都没有什么特别的感觉。当时的他并不知道，若干年后，自己会成为一名修复师，而且这份工作，他干了一辈子。

一方水土养一方人。李云鹤个子高挑，面容清秀，性格朴实倔强，做事严谨细致。他的目光柔和，却透着一股刚毅。

1955 年 10 月 1 日，新疆维吾尔自治区成立。广播里宣传新疆是个好地方，李云鹤积极响应国家号召，决定和同学一起前往新疆支援西北建设。

1956年2月初，李云鹤和四位同学出发去新疆。在去新疆的途中，他打算顺道去看望舅舅。当时，他的舅舅霍熙亮在敦煌文物研究所工作。谁也没有想到，这次偶然的拜访，不仅改变了他的行程方向，更是彻底改变了他的人生志向。从此，李云鹤的生命历程便与敦煌紧密地连接在一起。

自明代起，敦煌一带石窟艺术的传承便断裂，传统

敦煌文物研究所

技艺也逐渐丧失。20 世纪二三十年代开始，包括于右任在内的众多学者呼吁抢救祖国文化遗产和加大文物保护力度。此后，经过多年的努力，1944 年成立了国立敦煌艺术研究所，常书鸿担任所长；新中国成立后的第二年，也就是 1950 年，国立敦煌艺术研究所改组为敦煌文物研究所；1984 年，敦煌文物研究所扩建为敦煌研究院。

在舅舅的带领下，李云鹤来到了莫高窟。眼前的景象让他震撼不已：色彩绚丽的壁画、栩栩如生的塑像，其规模之大、艺术之精，远超他的想象。李云鹤对洞窟里的壁画根本看不够，一连参观了几天。

当时，莫高窟条件十分艰苦，敦煌文物研究所人手紧缺，职工三十多人，年轻人更是稀缺。时任所长的常书鸿，一眼就相中了这位“大高个儿”的山东青年。当李云鹤准备告别舅舅继续赶路时，常书鸿问他：“你要到哪里去？”李云鹤说他要和同学一起去新疆找工作。得知他并没有落实工作，也没有准确的目的地，常书鸿便说：“我们这里需要人，你反正去新疆也要找工作，还不如留在这里工作。另外，你也可以联系你的同学，问问他们愿不愿意一起留下来。”

于是，李云鹤联系上相约去新疆的同学，结果谁都不愿意留在敦煌工作。他又发电报给老家的同学，同样没有人愿意过来。

其实，李云鹤内心也有些犹豫。敦煌是一望无际的沙漠，荒凉满目，草木难生，环境气候相差太大。他也不知道自己在这里是否能适应，能待多久，能做什么，但常所长的信任让他动了心。他对常书鸿说：“常所长，那我先试试吧！”

当时，敦煌文物研究所实在缺人手，常书鸿就在敦煌又找了两名青年。就这样，李云鹤和另外两名青年，开始了敦煌文物研究所文物保护组的实习生涯。常书鸿安排他们做不同的工作：李云鹤被分工去清扫洞窟里的积沙；另外两个人的工作内容则是一个负责敲钟和烧水，一个负责打扫卫生。

莫高窟，位于干旱地带的河西走廊西部，地处高大鸣沙山与三危山之间的宕泉河谷。洞窟长期受到风沙的侵袭。20 世纪 40 年代，石窟最底层几乎被流沙掩埋。防沙治沙是保护石窟的重点工作。

李云鹤每天都去洞窟里清扫积沙。别看李云鹤个子高高大大的，他的胆子可不大，尤其是在夜里没有灯的时候。但是，当他进入洞窟，看见那些塑像和壁画时，竟然

20 世纪 50 年代，常书鸿在敦煌文物研究所办公室工作

一点儿都不觉得害怕，反而感到亲切，甚至心生喜爱。或许是因为他从小就受家乡石窟文化的熏陶，总之就这么一次偶然的机会，他与莫高窟结下了不解之缘。

第二章

与时间赛跑，苦学技艺 拯救壁画

敦煌冬天的早晚特别冷，冷得刺骨，仿佛要把皮肤撕裂。

如今，李云鹤常感慨道：“现在条件好了，修了公路，敦煌到莫高窟开车 20 多分钟就到了。回想我刚来的时候，这里还是沙漠戈壁滩，出行全靠两条腿，有条件的人家能骑一头驴，带上一点儿货物。敦煌到莫高窟往返一次要六七个小时。”

李云鹤刚工作的那一年，莫高窟的工作人员通常每周

20 世纪初莫高窟九层楼南侧洞窟的残破景象

莫高窟外景图

派一个人赶着马车到敦煌市里采购一两次粮食，其他人需要的生活用品也顺便捎回来。除非有特别重要的事情，否则工作人员很少离开莫高窟。

有一次，李云鹤生病了，常书鸿便安排一位同事陪他到敦煌看病。天还没亮，两人就从莫高窟出发了，各自骑着一头毛驴，病中的李云鹤虚弱无力，只能趴在毛驴背上。行至半途，两头毛驴突然瘫软在地，不肯前行。

抬头望去，只见前方有一双幽绿的眼睛正紧盯着他们——是狼。面对突如其来的危险，两人心惊胆战，毛驴更是无论如何抽打、拖拽，都不肯站起来，只是浑身颤抖。

李云鹤急中生智，用力击打毛驴腹部，奋力拽其掉头。待毛驴艰难掉转头后，便拼命地往回跑。所幸狼并未追上来，但他们却要绕行更远的路。经此一事，两人都吓出一身冷汗，李云鹤感觉自己的病竟好了一半。

那个时候的洞窟不像现在，下层好多洞窟还埋在沙中，未被清理出来；而已暴露的洞窟或因严重的自然风化而千疮百孔，或因西方探险家们猖狂的盗割而疮痍满目。洞窟也没有门，洞窟口附近堆积了不少沙子。李云鹤清理洞窟时，举步维艰。

有栈道的洞窟还好，那些没有栈道又很高的洞窟，爬上去十分困难。上洞窟时，稍有不慎就可能导致洞壁坍塌，不仅洞窟受损，人也会受伤。凡是能上去的洞窟，李云鹤都会去扫。在夹杂着沙尘的凛冽寒风中，他干活特别起劲，经常是干得汗水湿透了衣服，寒风一吹，衣服便被冻成了冰。

有一位老同志看见了，就走过去说："小李，你慢点干，干那么快干啥？沙子这么多，你一天又不能把它清理

20 世纪初敦煌莫高窟 249 窟、250 窟、251 窟外景

完！”但是，李云鹤习惯了要做就把一件事情做好，每天还是干得大汗淋漓，从不让自己有一点儿空闲。

工作期间，李云鹤从未迟到早退，每天往往是天蒙蒙亮就到洞窟；直到天黑，才回到中寺北侧由马厩改建的宿舍。遇到风沙天，从洞窟回到宿舍，往往是浑身沾满沙土。

宿舍里所有设施也都是“土”的，土炕、土凳子、土桌子、土沙发。宿舍的门窗漏风，早上醒来，就能看到被子上挂着一层“白霜”，睡觉时只能侧卧，避免沙土吹到眼鼻里。

宕泉河水盐分很大，有时非常浑浊，蓄水池的水需要沉淀好几天才能喝，新来的人通常会不适应，常常闹肚子。性格憨实又坚韧的李云鹤，最终克服了这些困难，坚持了下来。

20世纪50年代，到莫高窟参观的人很少，一年见不到几个人。有一次，一个人在洞窟里掉了几百块钱，负责打扫的李云鹤捡到钱后立即上交给了单位。

三个月的实习期结束了。经过领导和老同事们的集体考评，李云鹤通过了考核并顺利转正。另外两名青年由于各种原因，考核没有通过。从此，李云鹤成为敦煌文物研

莫高窟李云鹤曾住过的宿舍

装运沙子的毛驴车

究所的正式员工，进入了文物保护组，从事文物保护工作，工资也从实习时的每月 40 元，提高到每月 60 元。

彼时，莫高窟的很多洞窟坍塌严重，许多塑像、壁画暴露在洞窟之外，残缺不全。塑像东倒西歪，墙壁上的壁画层层掉落。经历了时间的侵蚀、沙漠生态恶化的影响以及非法考古者的挖掘破坏，莫高窟仅存洞窟 735 个，壁画 4.5 万多平方米，彩塑 2000 余尊。原本色彩动人的彩塑和

1947 年冬，敦煌文化研究所职工在宕泉河取冰化水饮用

壁画，出现了大面积脱色、掉落现象，有的被烟熏成黑漆漆的一片。面对满目疮痍的状况，李云鹤心中常想："我怎么才能拯救它们！"

1956 年 7 月 10 日，常书鸿通过长期的仔细观察，发现李云鹤做事踏实认真、责任心强，且肯吃苦、爱钻研，于是把李云鹤叫到办公室，开门见山地说："小李，我准备交给你一项任务，这项任务从前没有人做过，现在也没有人做。"

听到这句话，李云鹤一时愣住了。常书鸿看到李云鹤茫然的样子，便耐心地解释道："敦煌壁画和彩塑的保护工作，咱们国家没有人做过的，外国的壁画多是湿壁画，而我们这儿的却是干壁画，他们的方法不适用。只有靠我们自己摸索，自力更生，这项任务很艰巨，你愿不愿意干？"

李云鹤的脑海里浮现出那些脱落的壁画和东倒西歪的塑像。他太想拯救它们了。他不允许自己说不。于是，他语气坚定地答道："虽然我现在不会，但我什么都愿意学，我想试一试！"

常书鸿听后高兴地说："很好！你先深入调查和了解洞窟文物的保存状态，想办法先稳住那些倾斜的塑像，避免塌毁。对于壁画，务必小心清理，尽量不要破坏其本来面貌。随后，你要学习如何治理这些病害。希望你能闯出一条路来！”

李云鹤随即开始全身心投入新的工作。他每天琢磨该怎么做、该学什么、如何提升技能。由于交通不便，他一年都进不了几趟城，需要什么书籍就托进城采购的同志捎带。

李云鹤着手清理洞窟脱落的壁画，将有保存价值的碎片收起来。转眼间，冬天到了。天寒地冻，洞窟的现场工作难以进行，李云鹤便转入室内做实验。他开始思考：这个壁画为什么坏？它的病怎么治？用什么材料？用什么方法？白天，他在工作岗位上埋头苦干；夜晚，他挑灯夜战，学习新知识。

李云鹤深知，不学习就无法应对眼前的挑战。化学知识成为他必须掌握的重要内容，因为材料的选择直接关乎修复的成效。他收集起壁画碎片作为实验材料，最先进行的是起甲壁画的实验。常书鸿对他说：“起甲壁画是最危险的病害，一旦脱落就无法挽回。你先把起甲壁画控制住，不让它脱落。”

可是，在当时缺乏设备的情况下，李云鹤连一台天平都没有，更别说其他工具，只能凭借经验和触感。后来，他到美术组借来称颜料的戥子，以确保每一次实验的准确性。李云鹤的工作就是在这样艰苦的境况下慢慢展开。

经过一年多的努力，李云鹤在室内做的实验初见成效，于是常书鸿决定让他进入莫高窟474窟进行实地实验。

从接触修复到工作实践，李云鹤深感自己能力不足，对于壁画是怎么画的、塑像是怎么塑的，以及它们的结构关系如何，他都不是很清楚。

好在身边就有老师，可以时常请教。包括常书鸿在内的很多老先生，都是学美术出身的。于是，李云鹤主动找到常书鸿说："常所长，我想去学美术。"常书鸿打趣问："你是不是准备当个美术家？"李云鹤不好意思地说："没有美术和塑像的知识，我感到心有余而力不足。我想在文物保护方面打下一个坚实的基础，这样以后的工作才能做精做透。"常书鸿听完后，非常赞许他这种想法，当即表示全力支持他学美术。

从此以后，李云鹤从零开始学美术，跟随敦煌文物研究所第一位雕塑家孙继元学习塑像雕刻；跟随敦煌的"活字典"史苇湘学习线描、临摹；跟随其他老师在洞窟里临摹壁画，学习与文物保护相关的各种知识技能。足足两年多，李云鹤几乎将所有时间都花在学习上，常常学至深夜才离开。每天清早，他总是第一个到达学习现场。通过勤奋地学习钻研，李云鹤练就了扎实的基本功。

回想起那段岁月，李云鹤感到自己很幸运，当时能随时向那么多专业领域的大师们学习。

第二章 改进修复工具，摸索出一整套壁画修复工艺

走进 474 窟，西壁右侧墙壁上一块略显起甲的壁画，上面胶水流下来的痕迹清晰可见。这幅壁画是 1957 年捷克的文物保护专家约瑟夫·格拉尔（下文简称格拉尔）做实验修复的遗作。近 70 年过去了，尽管当时经过精心修复，这幅壁画的表面仍旧在多年前就开始重新起甲，壁画下面很多流下来的胶水痕迹也无法擦掉。李云鹤对此解释道：“捷克的修复材料和工艺不太适合中国的壁画，因为捷克和西方的壁画多为湿壁画，而敦煌莫高窟的壁画是干

1957 年，捷克专家格拉尔在莫高窟 474 窟修复壁画

壁画。”

1957 年夏季，格拉尔应中国文化部的邀请来到敦煌，对莫高窟 474 窟进行试验性修复。由于此前李云鹤已在对该窟掉落的壁画碎片进行实验和模拟修复，因此常书鸿便安排李云鹤担任格拉尔的助手。

这是一个难得的学习机会，李云鹤在工作中几乎是寸步不离地跟随着格拉尔，仔细观察格拉尔试验性修复中的每一个工艺细节，并在晚上详细记录下来。他还注意到格拉尔使用的先进修复工具，这对他后来改进工具启发很大。

尽管捷克专家并未透露核心技术——其修补壁画所用的材料是装在牙膏管里的，成分未知；但是，李云鹤还是学到了一些专业方法。例如，以前修复壁画都是用毛笔或滴管将黏结剂滴到需要黏结的位置，这回他学到了用注射器来注射黏结剂，这样更加精准。这种方法也一直沿用到现在。

由于无法适应敦煌的艰苦环境，仅停留几天，捷克专家格拉尔便离开了。捷克专家走后，修复工作的重担就落在了李云鹤的肩上。没有外国专家的指导，李云鹤只能“摸着石头过河”。面对这巨大的责任，他选择了迎难而上、自力更生。他反复琢磨修复方法，不断制作和改进工具，使其更加适用于敦煌的壁画。

修复窟顶壁画时，李云鹤注意到，因注射器是通过玻璃管芯推注加压，这在修复立面壁画时还好控制；然而，在修复窟顶壁画仰面操作的情况下，力度就难以控制了，尤其是当修复材料推注过多时，在重力作用下，很容易导致整片起甲的壁画脱落损毁。

于是，李云鹤每天都思考着改进工具、有效控制胶量的方法。

有一天，李云鹤在结束工作回宿舍的路上，看到同事的孩子正拿着一个血压计上的橡皮球玩耍。他灵光一闪，想道：如果将橡皮球放在医用注射针管上，或许能制作出更为便捷的注射器，因为橡皮球要比注射器的推杆容易掌控。

经过这一简单却富有创意的改良，李云鹤欣喜地发现：修复剂的用量得到精确控制！这一创新，使得在修复窟顶壁画时，注射修复材料的精准度得到了极大的提高，

李云鹤工作笔记中的莫高窟 474 窟起甲壁画修复前后对比

并且黏结效果非常好，困扰多时的黏结剂流速及位置掌控难题终于迎刃而解。

李云鹤深知“工欲善其事，必先利其器”的道理。他收罗修复所需的工具，不断琢磨、打磨、改良。吸耳球、软毛刷、特制黏结剂、木刀、喷壶、胶滚……经他改良过的工具，至今依然是保护敦煌文物的利器。

李云鹤发现，在修复时用纱布滚压回贴壁画，会留下纵横交错的网格状印痕，影响修复效果。经过反复实践，他选用纹理更细密的白纺绸替代，有效解决了这个问题。

在洞窟昏暗的环境中，只能借助窟口外透入的微弱光线。李云鹤利用镜子折射阳光，再用白纸板反光到需要修复的壁画上，成功克服了光线不足的难题。

李云鹤对修复流程也进行了精心的设计与反复的实验：第一步，颜料层表面除尘。第二步，深度除尘。第三步，注渗黏结剂（特别注意不要让黏结剂流在颜料层表面），要依据颜料层厚薄、地仗疏松程度进行充分渗透。第四步，待渗透区域干燥至 75% 左右，使用木质修复刀衬垫不粘纸均匀受力按压，回贴颜料层（按压力度需精准掌控，不轻不重，既要让颜料层回贴至地仗又不能力度过大让颜料层和地仗层失去层位关系）。第五步，用棉球再次滚压加固。第六步，雾化喷洒检查隐蔽起甲“病害”，再次滚压达到检查和无疏漏的目的，同时也达到了加固疏松颜料层的目的。这是李云鹤经过反复实验，摸索出来的一整套壁画修复工艺。

当时，修复壁画最棘手的问题是没有合适的黏结剂。李云鹤凭借着从捷克专家那儿学到的那一点知识来研制。选用哪些化学材料、各种材料的组合比例是多少、材料与水的比例又是多少……李云鹤不断尝试研制着，但一直未能成功。直到 1961 年，从波兰归来的文物保护专家胡继高在敦煌作报告，介绍了波兰壁画修复所用的材料和技术。李云鹤因此深受启发，请胡继高协助从北京购回了一些原材料，并邀请其一同在莫高窟进行现场实验，以期找到理想的修复材料。

当时的敦煌文物研究所缺乏实验仪器，李云鹤克服各种困难，采用蒸、煮等高温方法测试观察材料性能。他将材料置于各类自然环境中：一年四季、白天黑夜、山上山下、室内室外，反复地进行着对比实验观察。进行温度实验需要每两个小时测试与记录一次。夜间实验时，李云鹤干脆“住”在了洞窟里，裹着棉袄短暂休息后，便又投入测试与记录中。

功夫不负有心人。经过一年的实验，李云鹤研制出一款比较理想的修复材料，并通过了广州材料研究所的鉴定。

收集壁画碎片时，需要托具。当时，纸板稀缺且软，碎片容易滑落或折断。于是，李云鹤自己动手，用锯子将木板锯成所需的形状，拼接“壁板”（李云鹤自创的名称）。他还用棉花做衬垫，以此更好地保护这些壁画的残块。李云鹤认为它们虽不美观但很实用。

李云鹤之子李波回忆道：“我父亲回忆起他那些早期

李云鹤及其制作的工具箱

的经历时，似乎总是觉得那是一件简单的事，实际上却展现出他细致与严谨的工作态度。我简单打个比方，当一块残片从右壁掉落时，它不能变成左壁的碎片，所以这些东西他在修复的时候，就做了一些标签、记录，将同一区域的碎片归类，以便之后在拼接时更加方便。比如，这一块离东壁拐角处 10 厘米，那一块是 21 厘米，这些信息他在修复的时候，都会很好地记录。这些都是在他动手修复之前，就会考虑到的，这成了他修复文物的思维方式。”

在修复塑像时，为支顶塑像的肚子、脖子等脆弱区

李云鹤自制的壁板

域，李云鹤会用木条锯出所需的形状，随后细心地削磨，使其合乎轮廓，再垫上棉花和布料，确保它们的接触是软的，以免造成损坏。他尽其所能，利用手边能用的材料，进行着小心翼翼的修复。

为提高修复技能，李云鹤曾赴日本学习了 4 次，短则 10 余天，长则 3 个月。李云鹤利用日本的先进设备及技术，对我国使用的修复黏结剂进行了实验分析，效果非常

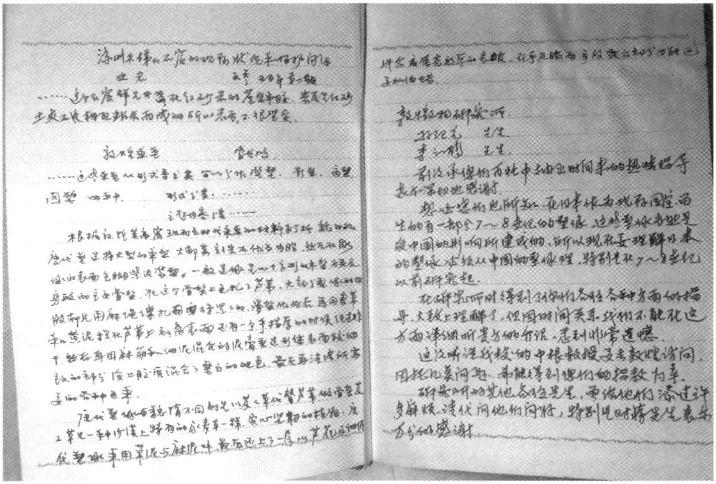

李云鹤在日本学习时的工作笔记

好。日本专家惊讶地说：“这种材料在日本多年前就淘汰了，没想到效果这么好。”

李云鹤自豪地表示：“我做过的修复项目，时间最长的有 70 余年，最近的也有 10 年了，到现在还是很稳定。这些都经过了时间的考验，至今还没有人找我说我做的修复工作出了问题。”

在未对外开放的 76 窟，整齐存放着许多带标签的壁板和残缺塑像。这些都是李云鹤的牵挂，他一直念叨着想进窟做修复。对此，李波如此说道：“我家老爷子只要外出干活，啥毛病也没有，在家里待着不是这里痛就是那里不舒服。”

第四章

学有所成，『面壁』三年修复161窟

通往 161 窟的路，需沿着莫高窟最外侧的走廊向上攀登。同行的年轻人累得气喘吁吁，年过九十的李云鹤却步伐稳健，仿佛每一步都踏在熟悉的归途上。

161 窟位于窟崖南部第四层，始建于晚唐。李云鹤对这里再熟悉不过。站在洞口，历史的厚重感扑面而来，令人恍若置身千年前的盛世。窟内，伎乐飞天壁画栩栩如生，飞天各持乐器，有腰鼓、鼗鼓、琵琶和海螺，身姿飘逸。为使构图丰富生动，不单调呆板，画师将一身飞天设计为头向下倒飞的姿态，洒脱地表现出在辽阔天际间飞翔的自由和天人合一的境界。

抬头望去，《观音像藻井》庄严神圣，千手千眼观世音菩萨像端坐莲台。四角则绘有童子飞天和供养童子，形象生动活泼，为整个藻井增添了几分灵动之气。方井边饰为连珠纹、回纹、卷草纹和垂幔。边饰层由简而繁，色彩由淡而浓，如同一幅画框，把观音像装饰得更为美观，恰到好处地烘托出了观音像的庄严与神圣。

1965年，莫高窟161窟地段洞窟加固前的情形

目光下移，一尊残缺的塑像静静伫立，无声诉说着岁月的侵蚀。据李云鹤介绍，此窟位于莫高窟的最高处，无门遮挡，常年经受风吹日晒，加之飞鸟昆虫经常侵扰，塑像就渐渐缺损。即便如此，它依然倔强地立于原地，见证着曾经的辉煌与沧桑。

1961 年，常书鸿把李云鹤带到了这座承载着千年故事的 161 窟。由于空气扰动，壁画的颜料层如雪花般纷纷脱落。常书鸿对此忧心忡忡：“161 窟倘若再不抢救，就会全部脱落。小李，你试试看，把它死马当成活马医吧。”

看着凋零的壁画，李云鹤心如刀绞，暗自下了决心：一定要把它们保护下来，传下去，不能让这些珍贵的壁画在自己这一代湮灭。

161 窟是莫高窟位置最高、受损最严重的洞窟，洞窟内地仗坚固，但是 60 多平方米的壁画起甲病害比较严重。当时莫高窟的壁画病害主要有五种，分别是起甲、酥碱、壁画空鼓、发霉以及变色。起甲是莫高窟最严重的壁画病害。

李云鹤首先对 161 窟开展了详细的调查工作，如同医生诊病，先究病因，再定方案。他细致地了解壁画的保存现状及病害特征，并在此基础上进行修复保护的初步设计。

“首先要搞清楚病害产生的原因，也就是病害机理是什么，就像大夫给病人看病一样，先要知道病人得的是什么病，由什么原因引起的，只有这样才能对症施药和治疗。”经过李云鹤对敦煌壁画多年的勘察、分析和研究，他对壁画起甲病害的成因及特征有了详细的了解。

凭借多年的经验，李云鹤很快明确了 161 窟壁画起甲、脱落病害的成因：一是温度，温差过大且频繁交替，

观音像藻井图

导致颜料层内胶结材料老化，造成颜料层起甲；二是地仗层过度光滑，影响了颜料层的附着力，造成颜料层起甲脱落；三是白粉内用胶量过低，造成白粉层与地仗结合不牢固，当胶结材料老化时，极易出现颜料层起甲和脱落；四是由于没有窟门，环境中飘浮的沙土颗粒降落在起甲颜料层的开裂处，进一步加速了颜料层的起甲和脱落。此外，161 窟位于崖壁的最上部，每天从早上太阳升起到下午一点多，一直处于阳光直接照射状态，且 161 窟窟顶较薄，地表温度可直接传导至洞窟内，进一步影响了颜料层的稳定。

随后，李云鹤又开始探索修复壁画的方法。修复工作如同绣花，需要耐心与精细。他先在小范围内试验材料与工艺，确认无误后，才正式进入 161 窟，展开大面积修复壁画工作。他每日拿着注射器，重复着表面除尘、注射黏结剂（需三次，三次之间的时间要合理安排）、回贴、胶滚滚压等工序，每道工序都不能打折扣或者减少，否则无法保证修复的质量。他说：“修复壁画，如医生操作手术一样，需要耐心、精细入微，一丝不苟。”

敦煌文物研究所领导曾派冯仲年、马竞驰协助李云鹤，但他们在两个月后因其他任务相继调离。此后，李云鹤独自坚守在 161 窟里，一待就是三年。

每天晨曦初露，李云鹤就来到洞窟，爬上简易脚手架，借着马灯的微光，一点点地除尘、灌胶、回贴，日均修复面积不到 0.09 平方米。他在洞窟里一待就是一整天，常常忘了时间。每到饭点，当同事在楼下喊“李老师，吃饭了”时，他才恍然回神。吃完饭后，他又匆匆返回，争分夺秒地修复壁画。

这种在旁人眼中枯燥乏味的工作，李云鹤却干得津津有味。他被这雄浑厚重的历史、博大精深的文化、美轮美奂的艺术深深地吸引住了，时间仿佛在窟区凝固。他用心仔细地修复着每一寸神韵，仿佛跨越千年，跟古代的画师一起描绘着一个个生动的故事。李云鹤常笑言：“我做的工作可值了，壁画上的菩萨虽然不会说话，但天天对我笑眯眯的！”

经过近三年的“面壁”，这座濒临毁灭的 161 窟在李云鹤手中再次变得光彩照人。这座晚唐洞窟是李云鹤首个独立修复的洞窟，也是莫高窟第一个起甲病害整窟修复的洞窟。非科班出身的李云鹤，凭借着钻研精神，开了如今的敦煌研究院自主修复的先河，161 窟壁画的成功修复被称为“敦煌研究院壁画修复保护的起点”。他研发的修复材料和修复工艺，于 1978 年获得了全国科学大会成果奖。

回望这段经历，李云鹤感慨道：“我们都管修复壁画叫作‘面壁’。这项工作看似劳动强度不大，但必须全神贯注。161 窟壁画的成功修复，是我‘面壁’近三年，一点一点‘绣’出来的。”

位于 161 窟下方的敦煌 130 窟开凿于盛唐时期，窟内供奉莫高窟第二大佛——高达 26 米的石胎泥塑“南大佛”，还有绘于宋代的莫高窟最大飞天壁画群。由于年久失修，

李云鹤（左一）带领团队在修复壁画

整窟壁画空鼓严重。

20 世纪 60 年代初，曾发生约 3 平方米壁画整体脱落的灾难。彼时，李云鹤正在 161 窟专注修复，洞外骤传巨响，李云鹤赶紧循声赶至 130 窟。只见北壁上部因大面积空鼓而脱落逾 2 平方米壁画，碎片洒落佛脚。未脱落部分边缘十几厘米都已脱离墙壁，随时有脱落的风险。李云鹤赶忙向常书鸿汇报，把情况上报国家。经文化部批示，对 130 窟开展抢救性加固维修。

1963 年，李云鹤肩负此任。为了保护这些壁画不再脱落，考虑到壁画回贴困难，特别是洞窟的窟形上小下大，洞窟上部壁画均处于向下的斜面上，李云鹤决定进行临时性加固保护，也就是“先救命后治病”——在壁面埋设锚杆固定。

李云鹤先在试验区的崖面上凿孔埋入钢筋，然后在钢筋上挂铁丝做成的网篮，在里面装石头，以所装石头重量为准，测算每一个锚杆能够承受的重量。经过反复实验发现，一个错杆能够承受 50 千克的重量。随后，通过测算，每平方米壁画的重量约为 39 千克，最终以一根锚杆固定 0.8 平方米壁画保守测算。经过精细的反复测算、布点和多次论证，李云鹤在壁画次要的位置打进了 300 多个锚杆。

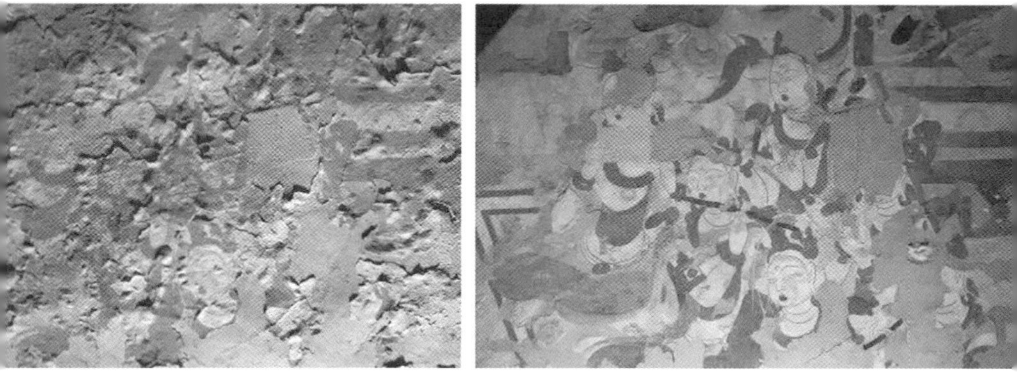

莫高窟 161 窟起甲修复前后对比图

莫高窟 161 窟外景

最后，在壁画表面用十字形锚头将壁画固定复位。

历经半个多世纪的检验，此方法的效力依然显著：130 窟上部飞天依旧稳固，保存完好，没有掉落的迹象。用锚杆加固空鼓壁画，不仅具有安全、快捷、干预度低、加固效果明显的优点，更为再次修复提供和保留了条件与空间。

130 窟遂成大面积空鼓壁画修复的成功范例，李云鹤是国内首个采用“锚固法”的人。

同年，莫高窟做崖体加固时，需要揭取 285 窟前室北

李云鹤正在莫高窟 130 窟专心致志地修复

莫高窟 130 窟弥勒佛像

莫高窟 130 窟外景

壁的壁画。285 窟位于著名的九层楼北侧，开凿于西魏大统年间，经唐、宋、西夏、元历代重修，是敦煌石窟中最早有确切开凿年代的洞窟，堪称规模庞大、包罗万象的“万神殿”，有西域和中原南朝的菩萨、佛教的飞天、道教的飞仙、印度的诸天、中国的神怪等，万神齐聚，空灵绝美。

那时没有钢管脚手架，李云鹤与其他两位同事就用木头捆绑搭建了一个临时的工作架。壁画离地面两米多，面积有两平方米左右。三个人站在架子上，正拿着保护托板揭取壁画，当壁画剥离开崖体那一刻，意想不到的事情发生了——工作架突然坍塌了！

千钧一发之际，李云鹤大喊一声：“护好壁画！”三人应声将壁画紧抱怀中跌落地面。剧烈的疼痛传遍全身，胳膊上留下了条条血印，但看到怀中的千年瑰宝完好无损，他们不禁露出了欣慰的笑容。

第五章 塑像『脱胎换骨』与『美容整形』

除了倾注心血修复壁画，塑像修复同样是李云鹤肩负的重要使命。在敦煌，李云鹤可以说是塑像修复领域的先行者，也是修复佛像数量最多的人。他的足迹远不止于敦煌，全国 30 多个兄弟单位文物修复保护现场都曾留下他忙碌的身影。迄今为止，经李云鹤之手修复的塑像已多达 500 余尊。

当被问及修复塑像与修复壁画的主要技术区别时，李云鹤说："二者最大的区别在于，塑像是立体的，壁画是平面的。因此，这两个采取的方法不一样。壁画起甲、酥碱，主要采取黏结加固等措施。塑像主要是稳固结构，出问题大部分是歪了、斜了、解体了。刚开始修塑像时，我感到困惑，塑像为什么能够自己解体？什么原因？后来通过学习才知道，是因为骨架糟朽、断裂、失稳，草胎糟朽、位移，以及泥胎的损伤等。”李云鹤以敦煌55窟南侧的一座菩萨像为例具体说明：因为这个洞窟处于莫高窟的最底层，长期被风沙掩埋，窟内湿度过大，最终导致木骨架整体腐朽，再也无法承担外部塑像泥体的重量，于是正尊雕像便垮塌了。

李云鹤阐述了不同塑像的修复方法：“修复小塑像时，我们的做法是，小心谨慎地把表层的泥胎取下来，换一个全新的、坚固耐用的木骨架，严格按照原来的结构搭建好，最后再把那些取下来的旧泥胎仔细地组装回原位。这个过程，我们形象地称为‘脱胎换骨’。而对于大型塑像，修复方法和工序就完全不同了。大的塑像有两种类型：一种是浮雕类型，紧贴着墙壁；还有一种是圆雕类型，周围是空的。相对来说，浮雕类的修复难一些，因为操作空间非常有限……”

莫高窟196窟是晚唐时期营建的洞窟，窟形为中心佛坛窟，窟内壁画至今色彩艳丽。然而，由于历史上地震等自然灾害，窟顶壁画部分坍塌，正好砸落在佛坛上的塑像群，导致佛坛上的塑像特别是圆雕类型的塑像残损较为严重。

1973 年，常书鸿让李云鹤去修复 196 窟塑像。李云鹤先是把洞窟的所有地基清理干净，重新扶正了歪斜的塑像，随后对塑像进行了全面加固和维修。尽管塑像在结

莫高窟 196 窟——中心佛坛

构上已经得到了稳固，但是整体形象却显得极不协调。比如，佛坛上北侧的天王塑像，其小腿部分的泥塑已经全部损毁，只剩下光秃秃的木骨架。对于这样一尊体量高大的塑像而言，两条木骨架小腿就像是两个简陋的笤帚把，李云鹤怎样看都觉得不舒服。于是，他从塑像艺术美感和整体协调性的角度出发，撰写了一份修复方案。这份方案经过与单位领导及经验丰富的老专家们充分讨论并获得一致通过后，李云鹤正式对这尊天王像进行修复。

天王像修复好的双腿

经过反复斟酌，李云鹤决定遵循不对塑像进行复原的修复原则，只把天王像双腿的胎形塑造出来。他运用精湛的技艺塑出了双腿的轮廓，但特意将胎形的高度控制得比原有彩塑部分低半厘米。同时，他还细致入微地塑出了靴子和皮带的立体形态，但并未对这些新塑的部分进行任何上色处理，而是刻意保留了其素胎的原始质感，使其看起来依然呈现出岁月的痕迹和旧物的风貌。李云鹤指着他做的天王像双腿部位，微笑着介绍道：“关键就在这个地方。”远观塑像，整体完整而庄严，气势恢宏；走近细看，才能辨出是粗泥新胎。他的手艺高超，塑造得非常逼真，要是涂上与身体一致的颜色，估计很多人都分辨不出来这是后来修复新做的，由此也可以看出李云鹤深厚的美术功底。

后来，不管是在莫高窟继续修复塑像，还是应邀前往其他兄弟单位进行相关技术支援，李云鹤都始终如一地坚持并推广这一行之有效、理念先进的办法：把塑像的基本胎形复原出来，但不进行上色处理，以便清晰地展现修复的痕迹。这一方法既有效地加固了文物本体，最大限度地恢复了其艺术价值，又严格遵循了文物保护修复的真实性原则。

第六章

『面壁』榆林窟，用心呵护

榆林窟位于距离莫高窟近 200 公里的甘肃省酒泉市瓜州县，石窟建在榆林河谷内，因榆树成林而得名，是莫高窟的姐妹窟之一。榆林窟最初的创建年代已无从考证，现存洞窟 43 个，历经唐代、五代、宋代、西夏和元代，洞窟现存壁画约 4200 平方米，彩塑 200 余尊。其内容技法与莫高窟有着相同之处，但又有着明显的差异。

榆林窟第 25 窟，约建于吐蕃占领瓜州（公元 776 年）之后，被誉为同时期敦煌石窟艺术之冠。此窟为前后室，前室之前有进深较长的前甬道，前室平面横长方形，一面斜坡顶。经过较短的后甬道，方可进入主室。榆林窟第25窟以壁画著称，有两幅重要的经变画——《观无量寿经变》和《弥勒经变》，都经李云鹤之手修复过。

经变就是经文的变相，佛经一般是梵文音译，晦涩难懂，所以当时的艺术家们就创造出经变画，把文字内容以图画的形式来表现，通俗易懂，便于人们理解。在敦煌石窟，从隋唐时期就已经出现了大量的经变画。到了中唐时期，经变画构图已经非常完整，规模宏伟，一幅壁画中人物往往众多。

《观无量寿经变》是经变画中的精品，是敦煌壁画艺术公认的代表作之一。这幅大约诞生于1200年前的作品，描绘了观无量寿经里阿弥陀佛在西方极乐世界讲法的场景。画面色彩保存完整，颜色绚丽，线描清晰而有劲。作品中描写极乐世界的歌舞场面，既有亭台楼阁、平台宝池，又有各种姿态的天人、鸟兽莲荷与化生童子，不仅宏伟壮丽，而且活泼生动、充满意趣。

《弥勒经变》是敦煌壁画的常见题材。弥勒佛在佛经中被称为未来佛，壁画中所展现的是未来的佛国世界，画面的中央是弥勒佛讲经说法，周围有听法的菩萨、护法圣

榆林窟第 25 窟北壁《弥勒经变》

榆林窟第 25 窟南壁《观无量寿经变》

众，而在画面上方所展现的有山水、飞天，既表现了弥勒世界的自然风光，又记载了种种故事画面。这些画面仿佛让我们穿越回千年前的瓜州地区，望见了当地人们辛勤劳作的情景。

而榆林窟第 25 窟的这些壁画如今还能栩栩如生地展现在我们面前，离不开半个世纪前李云鹤和其同事们的辛苦

李云鹤在榆林窟工作时住过的简陋小屋

付出。1973 年，该窟的《弥勒经变》因地仗过度光滑，壁画严重起甲并出现脱落，李云鹤和马竞驰、段修业等文物修复专业人员因此对榆林窟第 25 窟进行了修复。

当时窟区条件艰苦：没有电力照明，李云鹤就将马灯挂在木头架上取光作业；洞窟里寒冷阴凉，他裹着打满补丁的棉袄棉裤，沾泥弄土毫不在乎；没有宿舍，他就睡在洞窟的土炕上，夜晚时不时有老鼠横窜……

“面壁”修复，是一场漫长艰难的修行。20 多平方米的壁画，一笔一刷，一滴一粘，李云鹤和同事们连续奋战了四个多月，其间没有休息一天、没有回过一次家，千年艺术珍品在他们手中一寸寸焕发生机。如今，修复成果依然稳固。

榆林窟第 3 窟位于瓜州榆林河东岸下层北侧，坐东向西，平面为长方形，窟顶为浅穹窿顶，窟中央设八角形三级佛坛，为曼荼罗（梵语 mandala，意译为“坛城”）形式。

1988 年，李云鹤、孙洪才等 8 人面临一项艰巨任务：将榆林窟第 3 窟南北壁下部清晚期塑造的十八罗汉塑像搬迁至榆林窟第 11 窟内进行复原保护。搬迁的主要原因是十八罗汉塑像的基座体量过大，且紧靠在原来西夏时期的壁画上，不仅对壁画造成了遮挡，影响了西夏壁画的保存状态，还影响了其研究价值的发挥。

搬迁工作说起来容易，但做起来难。搬迁之前，要对塑像保存状态进行详细调查、记录和测绘；对塑像表面颜料层病害（起甲、粉化、脱落）进行修复，对胎体层病害（缺失、肢体断裂、错位）进行修补、加固、校正；还要使用棉纸、海绵、棉毯等防护材料对搬迁塑像进行包裹防护；

榆林窟第 3 窟十八罗汉塑像搬迁前照片

用麻绳将搬迁塑像固定于工作架上；在确保塑像基座遮挡壁画安全的前提下，分别拆除相应塑像的基座，使塑像完全脱离基座后，再将其搬迁至临时安放点。

复原工作也颇费周折。要先在新址用原材料或同质新材料垒砌基座，达到一定高度后，将塑像严格按照原对应位置及姿态安放，然后继续垒砌，直至完成；再去除防护层，检查塑像状态，并对肢体断裂部分进行最终修复；还要完善保护档案。

由于塑像姿态各异，包裹防护、吊装、搬运难度极大，稍有不慎就会造成人为性损伤。复原时，由于基座新泥未干，随时会出现体积及位置的变化，因此塑像的状态、角度极难掌控。

面对这些困难，李云鹤团队都一一克服了。榆林窟第3窟十八罗汉塑像搬迁至今，已超过35年，塑像保存状态良好。2002年，李云鹤、李波、马赞峰、马述仁等人又耗时半年对榆林窟第3窟的中心佛坛塑像进行修复。

榆林窟第6窟是榆林窟最大的洞窟，和莫高窟的96窟、130窟一样，因为有大佛，所以窟顶极高，占据了三层空间。窟前的殿堂为榆林窟唯一寺庙建筑。窟体的形态虽是唐代的，但窟内壁画经过历朝历代重绘，如今留存最多的是五代和宋代的壁画。

2002 年，李云鹤、李波、马赞峰、马述仁等人用了两年时间，对榆林窟第 6 窟一层两侧 6 米多高的文殊、普贤菩萨塑像进行修复。两座塑像均为清晚期塑，存在的病害有颜料层起甲、脱落、粉化；塑像整体出现倾斜，腿部及

榆林窟的外景

须弥座多处碎裂。调查显示，菩萨塑像存在骨架单薄、结构不合理等缺陷，因此，在制作之初塑像就出现了倾斜并进行了支护，但随着时间延长，病害更加严重，甚至导致双小腿及脚部和须弥座碎裂。颜料层病害，与黏结剂占比过大有关。

对于南侧塑像修复，李云鹤团队先将塑像进行临时支护，再用倒链将塑像吊起，然后对须弥座进行清理，骨架加固，碎块回贴，最后依据塑像原有位置放置到位，将骨架固定加固，同时将双腿、脚部破损及碎块拼接，并对修补缝隙进行适度补色。

对于北侧塑像修复，李云鹤团队利用塑像断裂裂隙以及塑像结构对塑像进行解体分块设计，再进行防护处理（避开分块切割线），然后自上而下将塑像解体；校正塑像主骨架，并对须弥座骨架进行校正、复位、更换、加固，再将主骨架进行稳固；修补草胎，再使用麦草泥，将解体塑像块自下而上安装就位；须弥座脱落残块回贴、修复后，再依据塑像层位结构，分别使用麦草泥和麻泥进行切割缝填补；最后对修补后的切割缝及残块接缝进行适度补色。

修复工作中最大的挑战是部分木质骨架的更换。由于须弥座及塑像的部分木质骨架尺寸太小且极不规则，根本无法承受如此体量塑像的重量，所以部分骨架需要更换。这一过程要求极高，新骨架的形状要与原骨架非常接近，才能不改变塑像形态。另外，由于修复前塑像损伤变形，草胎也出现形变，所以在塑像分块安装时，需要严格把控塑像块的角度、姿态，以及相邻塑像块之间的缝隙间距，才能最大限度地还原塑像的原有姿态及造型。

在李云鹤团队的共同努力下，两座庄严的菩萨塑像渐渐重焕生机。

2016 年至 2022 年，李云鹤、李波、王兴龙、黄伟、贺维新等人承担了榆林窟第 6 窟 24 米高大佛的修复重任。大佛的主要病害是佛头局部脱落缺失，其成因在于其悬挑结构在重力作用下产生的自然损伤。修复大佛最初的大部分工作是清理掉落的残损胎体或塑件。两个月后，李云鹤团队开始对塑像制作材料及工艺进行分析研究，调查分析塑像所用的材料材质、制作工艺，研究其与病害的关系及影响。同时，对保存环境进行检测分析，了解其对文物的影响关系。依据前期勘察分析研究结果，进行室内、现场试验，再依据试验结果筛选修复使用的材料及工艺，制定修复保护方案。

方案经过审批后，修复工程正式实施。其工作内容包括骨架制作、挑梁安装、麦草泥胎体塑形、麻泥层塑造、漆灰层制作、金箔层贴制、协调处理等多个环节。经过艰苦的努力，李云鹤团队终于圆满完成大佛的修复任务，让这座宏伟的大佛重新焕发生机。

李云鹤说：“这是我碰到的比较棘手的项目之一，无论是工程量，还是复杂程度，抑或是涉及门类，都超出了我的预想。没想到这个项目竟然干了七年，好在总算完成了。”

在榆林窟的多年时光里，李云鹤带领团队用匠心守护着这些穿越千年的艺术瑰宝。从第 25 窟壁画的起甲修复，到第 3 窟十八罗汉塑像的精密搬迁，再到第 6 窟文殊、普贤菩萨的“手术”与大佛的重生，每一处修复都凝聚着他们对文物最深的敬意与最专业的技艺。这些修复工作不仅是对文物本体的抢救，更是对中华文明记忆的延续。在那些没有现代设备的艰苦岁月里，他们用最简单的工具、最严谨的态度，完成了一项项看似不可能的任务。

现在，每次李云鹤到榆林窟，都要到榆林河谷边那座他居住过的简陋小屋。余晖洒在屋舍上，他站在门口，目光中满是不舍。尽管小屋的居住条件并不算好，他却由衷

李云鹤在榆林窟第 6 窟修复现场

地喜欢这里。每每此时，他就会悠悠地想起“小花”。以前这里有一只叫“小花”的狗，它每天都会到榆林窟的入口处迎接游客，等游客参观结束要离开时，它还会一路相送到出口，就这样年复一年地接送着来往的访客……也许，是因为“小花”太讨人喜爱，不知何时被某位钟爱它的游客带走了。

是啊，美好的事物总是受人喜爱与珍视。但真正的珍爱，应当是让它们留在其归属之地。就像莫高窟的壁画，历经千年风雨沧桑，依然能绽放其独特的魅力，正是因为它们被守护在最适宜的环境里，更因为有一群匠人，甘愿为修复与守护它们而倾注毕生的心血。如今，当游客驻足欣赏这些重焕生机的艺术珍品时，或许不会注意到那些精心修复的痕迹，但正是这些看不见的付出，让千年前的文明之光得以继续闪耀。

榆林窟全景

第七章 重壁千层见，匠心护唐风

莫高窟的重修洞窟很多，大面积重绘壁画的有50余个，由此产生了重层壁画。莫高窟洞窟壁画有的两层、有的三层甚至四层。其中，220窟的重层壁画非常具有代表性。

作为敦煌十大特窟之一，220窟不仅是敦煌石窟的代表窟，更是唐代艺术的精品洞窟。其恢宏的场面、瑰丽的色彩、栩栩如生的人物形象，反映出大唐繁华富丽的景象，揭开了盛世唐风的帷幕。该洞窟开凿于初唐贞观十六年（642 年），是唐初敦煌大族翟氏家族的翟通修建的家族窟，经过翟氏家族世代维护，到了五代时期，翟奉达进行了重修。宋代时期，整个洞窟又被重修绘制。有确凿的营建年代，又有丰富可靠文字史料记载的翟氏家窟和家族 300 年的轨迹，因此其历史性显得十分丰满，长期以来是人们认识和理解敦煌艺术的重要对象。

1944 年，刚成立的国立敦煌艺术研究所工作人员在调查时发现，220 窟主室四壁表层宋代壁画被揭取后，墙壁上显露出了场面宏大、人物传神、瑰丽无比的初唐壁画。更令人惊奇的是，多数敦煌壁画中的人物面孔和手臂都已经因为氧化而变黑，但当 220 窟的初唐壁画展现在世人面前时，却保持着异常鲜亮的色彩，展现出一个“崭新的初唐”。

然而，这种分离方式，对表层宋代壁画造成了不可逆转的破坏。幸运的是，甬道部分还保存较多原貌，没有被剥离，甬道表层的西夏壁画躲过一劫，在历经千年后还是比较完整地保留了下来。

1975 年，李云鹤提出了对 220 窟甬道内的重层壁画进行整体分离与搬迁的方案。这一方案主要基于两方面的考虑：一是既能看到底层早期壁画，又能完整地保存表层的

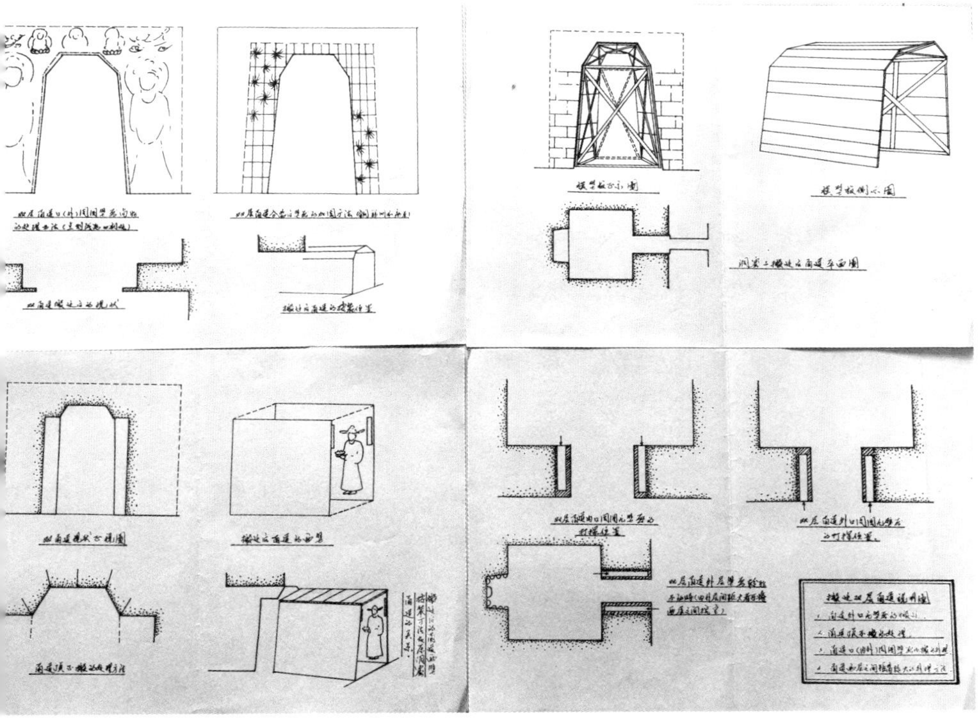

李云鹤绘制的搬迁方案草图

壁画，莫高窟重层壁画的洞窟有很多，如果这种分离方法适用，以后其他洞窟可以借鉴；二是考虑到莫高窟 4.5 万平方米壁画，如果对重层壁画进行全部分离并搬迁复原，剥离完以后莫高窟的重层壁画展开，面积可能在 5 万平方米以上，并且底层壁画的年代久远，具有更高的科研价值。

如果方案获得认可，那么将面临经费短缺的困境。李

李云鹤在莫高窟 220 窟甬道重层壁画搬迁现场

云鹤坚定地表示："只要同意这个方案，经费问题我自己来想办法解决。"领导终于点头："如果你有把握，对文物不造成损害，你可以进行一次保护性分离修复尝试。"

李云鹤在感到兴奋之余又忧心忡忡。让他兴奋的是，如果此举成功，不仅能为未来的壁画分离工作奠定坚实的技术基础，还能为文化遗产保护领域开辟新的道路。然而，能否找到合适的材料、实施过程会不会出现意外、搬迁后是否影响壁画质量，都是摆在面前的实际问题。

在李云鹤带领团队着手220窟重层壁画分离搬迁复原工作前，他们先明确了一个重要原则：揭取重层壁画时，要保证内外壁画皆不受损。

当时220窟甬道表层壁画的画面层、地仗层和土坯砌筑都比较牢固，壁画的机械强度较好。甬道口外侧，空间充足。根据甬道壁画的特点，李云鹤设计了两种搬迁方案：第一种是分块揭取，第二种是整体揭取迁移。

分块揭取是现成的技术，但因甬道呈不规则形状，揭取后再将壁画牢固粘贴并保持原貌，技术难度较大；同时，分块时的缝也会对壁画造成一定的损失。为了完整地保存表层壁画，大家选择了第二种方案——整体揭取迁移甬道壁画。

这属于开创性工作，于是李云鹤开始探索表层壁画整体揭取技术。

第一步，对表层壁画进行全面的“体检”。检查颜料层是否存在病害，对有病害的颜料层进行修复加固，确保壁画本体的健康状态。

第二步，制作加工模型。迁移需要制作模型，由于资金紧张，李云鹤团队就地取材，用莫高窟周边的枯木制

莫高窟 220 窟现状

作模型支架。在模型就位后，采用锯取法将甬道口内外连接前室和主室的表层壁画分割揭取，并用夹板固定防止变形。

第三步，迁移壁画。李云鹤团队在模型下安放圆木便于移动，由洞外人员拖拽、洞内人员撬推，小心翼翼地将壁画整体移出。迁移到位后，重新砌筑土坯，原位粘贴壁画。

第四步，待墙体干燥拆除模板后，还要对甬道底层露出的早期壁画进行清理和修复保护。

历时半年多，这项创新性的壁画迁移复原工作圆满完成，由此开创了甬道壁画迁移复原的新技术，为之后重层壁画的揭取复原提供了成功的宝贵经验。

走进 220 窟的甬道，依次可以看到 1975 年李云鹤移出的甬道上层西夏供养人像、五代和中晚唐重修重绘的壁画及小龛，主室四壁剥离出来的底层初唐贞观年间的大型经变画，窟顶四坡及藻井仍然是西夏最后一次重修时的千佛图像等，五个时代洞窟营建、维修、管理的历史轨迹清晰可见，实属石窟考古与保护学术史上难得的复杂性、多样性实例的代表。李云鹤说："其实，在甬道五代壁画的下层还有唐代的壁画。当时，领导和老一代的美术工作者都

莫高窟 220 窟甬道北壁翟氏供养人像

建议，露出的五代壁画内容及保存状态较好，暂不再进行下层的壁画剥离了，先展示出五代的壁画即可。”

随后，李云鹤又运用了这种方法，对莫高窟 334 窟的甬道重层壁画进行了剥离搬迁复原，效果也十分理想，再一次证明了这种整体搬迁甬道重层壁画的方法是可行的，可以被广泛借鉴使用。

值得一提的是，莫高窟 220 窟甬道重层壁画的整体揭取迁移技术荣获文化部 1985—1986 年度科技成果四等奖（部级）。这项创新技术不仅为文物保护开辟了新路径，更为后续工作提供了宝贵经验。李云鹤团队的这项开创性工作，展现了文物保护工作者在传统技艺与现代科技结合上的卓越智慧。

第八章 匠心独运，古艺新辉

20 世纪 80 年代初，麦积山石窟的负责人听说李云鹤擅长塑像修复，专程来到敦煌邀请他去协助修复两尊断裂受损的大佛。

麦积山石窟地处甘肃省天水市麦积区东南 30 公里的小陇山中，因山形酷似农家麦垛而得名“麦积山”。这座始建于十六国后秦时期的洞窟，与敦煌、龙门、云冈并称为中国四大石窟。麦积山石窟保存的造像以泥塑为主。它保留了数以千计的泥塑，大的如第 13 窟 15.7 米高的“东崖大佛”和第 98 窟 12.2 米高的“西崖大佛”，小的则是许多高仅十多厘米的小塑像，全面展示了古代泥塑发展演变的过程，是研究雕塑史、美术史的重要资料，有“东方雕塑陈列馆”的美誉。

1981 年起，李云鹤带领徒弟与麦积山石窟的七八位工作人员，历时两年完成了两尊大佛的修复工作。

受保存条件影响，塑像内部的骨架以及木板胎体逐渐

麦积山石窟外景

糟朽。加之松鼠在佛身裂缝中筑巢，将松子、树枝填入佛身背后裂缝处，致使大佛离开崖体60厘米，泥胎断裂、缺失，表面的颜料层也出现起甲、酥碱等病害。

修复工作面临巨大挑战：大佛体量庞大、位置高耸，泥层又脆弱易损，部分区域泥层缺失，且缺乏骨架的支撑。在狭小的操作空间内，修复人员需要钻进佛像内部作业，还得确保悬挑着部分泥层的安全性，所以制作起来非常困难。

李云鹤创造性地采用了传统工艺与现代技术相结合的方法：按照佛像原来榫卯的位置、形状，选用了相同材质的木材，制作了新的骨架，安装了新的木板胎体，然后逐步再将这些脱落的残块回贴，同时也将脱离悬挑的这一部分泥层黏结到了新的木质骨架和胎体上。

为了使塑像更加安全，他们采用了锚杆加固的方法，也首次使用了无振动钻打孔。他们将脱落的残块逐一回贴，对缺失的部分进行了精心的补全。经过不懈努力，两尊大佛重获新生，它们雄伟的身姿再次展现出历史的辉煌和文化的厚重。

1990年，敦煌研究院的专家提议移除莫高窟275窟里的一堵墙，以恢复洞窟原貌。这座北凉时期的洞窟是莫高窟现存最早的洞窟之一，也是莫高窟现存北凉洞窟中面积最大、内容最为丰富的洞窟。北宋年间，窟中加了一堵墙，将窟分为前、后两室，这不仅改变了洞窟格局，其建造时的水分渗透还易导致壁画病害。但想移除这堵墙并非易事，因为壁画的处理不仅需要极为精细的操作，而且需要考虑到壁画揭取后，以什么形式保存，又安放在何处。

面对这一难题，李云鹤在经过细致的现场考察、测量以及深思熟虑后，决定将揭取的壁画安放在洞窟前端1963 年加固岩体时修建的砌体上，壁画回贴采用一种特殊的方式——不直接将壁画回贴到载体上，而是先将其固定在一个特制的金属框架上，然后再挂在墙壁上。

由于壁画病害的产生往往源于墙体内部的水分和盐分对壁画的侵蚀，李云鹤采取了“空间阻隔”的方法：在壁画与墙体之间留出一定的缝隙，以阻断水、盐传导造成的侵蚀，可以避免壁画因直接接触墙体而受到的损害。

当这堵墙被移除后，原本被掩盖的早期壁画完全暴露出来。如今，我们不仅得以观察到那些被覆盖壁画的真容，还可以看到在不同时间段的绘制技法和保存状态，275 窟也

莫高窟 275 窟殿堂窟内景

恢复了最初的宽敞格局，且使壁画避免遭受病害。

从麦积山大佛的精心修复到莫高窟隔墙的创新处理，李云鹤始终秉持“最小干预”原则，在传统技艺中融入创新思维，这也为文物保护工作树立了典范。

第九章 绝境逢生，九层抢险

莫高窟北区只有 5 个洞窟存有壁画或塑像，其他洞窟多为僧侣或画师修行、居住的场所。这些历经沧桑的洞窟中，至今还保留有土炕、灶炕、烟道、壁龛等生活设施。洞窟外面的烟熏痕迹仿佛在诉说着千年前的故事：某个寂静的清晨，一位修行之人缓缓从洞窟中走出，他点燃一堆篝火，火焰轻轻跳动，火上煮着简单的食物或茶水，轻烟徐徐，随风飘散开来。

继续前行，两座方形现代建筑映入眼帘。据李云鹤介绍，这是从南湖店洞窟迁移过来的两个石窟，虽然外观是现代建筑，但内部依然保留着原汁原味的北魏风貌。

由于这些洞窟平时不对外开放，风沙较大，门口已经堆积了不少沙子。李云鹤用双手清理起洞窟门口的沙子，像是在打扫自己家门口的卫生。冬日的寒风刺骨，李云鹤那双历经沧桑的手被冻得通红，他却浑然不觉，专注地完成着这项简单却意义非凡的工作。

按照原洞窟形进行洞窟壁面复原的顶部骨架

南湖店洞窟位于敦煌西千佛洞以东 1.5 公里处的党河北岸崖壁上。当年开凿有多个洞窟，遗存年代最早的为北魏时期的中心塔柱窟，还有元代的方形窟。由于受到崖体风化、雨水侵蚀、人为破坏等，洞窟壁画和塑像损毁较为严重，且处于无人看管的状态。

1991 年，敦煌研究院决定对南湖店洞窟进行抢救性保护。李云鹤受命前往考察并制定保护方案。经过详细调研考察，李云鹤提出了两个方案：一是就地修复保护，二是把洞窟迁移到莫高窟北区。如果选择方案一，未来将需要派人值守，工人的生活安置将面临诸多不便，同时长期维护成本较高。方案二虽然可以一劳永逸，但实施难度较大，面临壁画揭取困难、复原效果难以保证等诸多技术挑战。

1992 年，经过论证及保护方案报审，敦煌研究院最终采取了整体异地搬迁保存的方案。由于南湖店洞窟的搬迁工作涉及多个重要环节，李云鹤面临着三大挑战。

一是搬迁前的清理发掘、文物档案登记、病害壁画修复、塑像加固的准备。由于年代久远，窟内壁画已经非常脆弱，所以还要对壁画进行加固处理，待加固完成后，才能开始揭取。加固之后，表面还要贴纸、贴纱布，防止壁

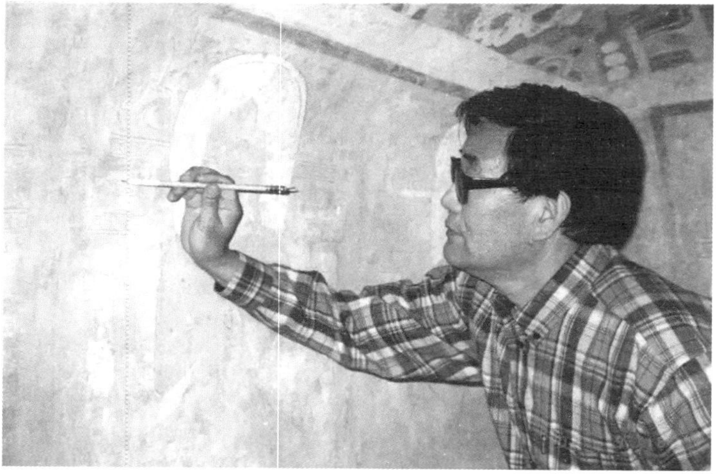

李云鹤对搬迁壁画切割缝进行补色

画破损或脱落。

二是要进行分块分割壁画，将壁画与崖体分离，把揭取的壁画包装好，并安全平稳地运输。壁画与崖体分离时，要小心地凿去后面的岩石。凿去岩石时不能靠壁画太近，太近会把壁画震坏，又不能离得太远，太远凿不下来。壁画搬迁的每个环节都需要谨慎安排、小心操作，容不得半点儿马虎。新址距原洞窟的运输距离超过 60 公里，搬运过程中需要特别注意，尽量避免颠簸。为此，运输货车上需要装满沙土配重，然后再把壁画放到上面，以保证壁画的安全。

三是进行洞窟壁画、塑像复原。关于洞窟壁画的复原，李云鹤创造性地采取了“挂壁画”的方法，这也是由他创新的壁画搬迁修复方法：在砌墙时预埋钢骨架，将壁画挂在角钢架上。这一过程要求极高精度，墙体的平整度、壁画的定位都需分毫不差。虽然测算的尺寸比较合适，但现场的微小差异也可能影响挂置效果，因而在挂壁画时需要在现场及时调整，不能出现分毫差错。李云鹤说：“我‘挂壁画’的时候，对于一些形状特别的壁画，比如弧形的，我就先做一个模型，将壁画覆置在模型上，再在壁画背面做一个框架固定，最后安装到位。这样才能最大限度地保证壁画的安全与原形制的复原。”

此外，李云鹤团队还对洞窟内仅存的塑像进行了搬迁，并将塑像按照原有位置及关系进行了复原。搬迁复原的洞窟内，不仅保持了壁画和塑像的原貌，其他部位，如坍塌壁面，也与洞窟原貌基本相同。

历经 8 年的复原方案讨论、实验准备和精心施工，2000 年，这两个历经沧桑的石窟终于在莫高窟北区的崖壁

李云鹤在清理洞窟门前的沙子

南湖店搬迁洞窟的北魏时期菩萨像

南湖店 18 窟（现莫高窟北区南侧窟）搬迁前工作照

莫高窟北区外景

上安了新家，成为莫高窟的一员，与三危山隔河相望，这也成为我国石窟壁画彩塑搬迁首例。

二十多年过去了，如今两个搬迁洞窟的壁画及塑像保存状态良好。唯一让李云鹤感到遗憾的是，新建洞窟的砖混结构外观与周边崖壁不够协调。

“它外面看起来像房子，那时候没有经费了，如果费用充足的话，我就想做一个表面跟山体一样的……”李云鹤说道。他始终期盼着有朝一日能对洞窟外表进行装饰，使其真正融入莫高窟的整体风貌，让这些珍贵的文化遗产获得完美的归宿。

第十章 妙手复真颜，匠心守古韵

1991 年，青海瞿昙寺在古建筑修缮中面临揭取壁画无法回贴的困境，于是邀请李云鹤带领团队前去修复青海乐都瞿昙寺瞿昙殿壁画。对此，李云鹤提出了把壁画揭取后固定在金属骨架上，再将壁画“挂”回去的修复保护理念。

李云鹤设计的“金属骨架悬挂法”，就是将揭取的壁画，进行精准调整、精确拼对切割缝隙，再加固地仗层并安装金属骨架，最后整体挂到墙体上。在壁画地仗层与墙体间保留7—8厘米的间距，从而确保壁画的通风干燥，既能阻断水的侵蚀，又利于长期保存。此次成功实践，使李云鹤成为国内运用金属骨架修复保护壁画获得成功的第一人。

1994年，青海塔尔寺弥勒殿落架维修时，殿内墙体上140平方米古代壁画亟须保护。若按传统“分块揭取法”，将这幅壁画全部分割剥离，建好新墙后再逐块粘贴回去，那么至少会有近5平方米的损失。

不忍伤及壁画一寸的李云鹤经过反复琢磨，最终决定采用“整体揭取回贴法”，也就是140平方米的壁画，不分块、不切割，而是将其整体与载体剥离，并固定在模型板上原位保存，待新墙砌筑时，再整体回贴，以达到最大限度保护壁画的目的。

这个“毫发无损”的大工程竣工验收时，寺庙的住持在殿内看完，走到李云鹤面前对他说：“李老师，这个壁画你怎么没有给我们修？”李云鹤开心地双手合十说：“谢谢您！这是对我们文物修复保护工作的最高褒奖！”时任敦煌研究院副院长樊锦诗对此高度称赞：“这么大面积的壁画原位整体揭取复原，在全国都是首屈一指的！”

“整体揭取回贴法”在确保壁画的完整性方面，是损失最小的一种修复方法，但难度也是最大的。该项目也是迄今为止，我国整体揭取单体面积最大的文物保护项目。保护第一，修旧如旧，这是李云鹤孜孜不倦追求的文物修复最高标准。

“漠漠青冥不可梯，梯山高出辟层蹊。朝天有路风云合，隐雾何人竹不栖。玉塞万年凭作障，泉源六出各成溪。振衣千仞曾寻梦，一览青川绿树低。”清代诗人张昭

青海瞿昙寺瞿昙殿壁画修复时，悬挂壁画支架安装中

青海瞿昙寺项目组合影

美笔下的天梯山石窟，位于今甘肃省武威市城南约 50 公里的中路乡灯山村，始建于东晋十六国时期的北凉，距今约有 1600 年历史。后经历代开凿，规模宏大、建筑雄伟、精美绝伦、千姿百态，堪称中国石窟艺术长廊的开山鼻祖。

天梯山石窟，也称大佛寺，其中主体建筑大佛窟内有弥勒像 1 尊，高 28 米，宽 10 米，面水而立，右臂前伸，指向前方，巍然端坐。大佛左右两边站立迦叶、阿难、普贤、文殊、广目、天王 6 尊造像，神态逼真、威严。因历代战乱、频繁地震及黄洋河水库浸泡，佛头坠落，大佛胸部及 6 尊塑像颈部以下均浸泡于水中，塑像残损严重。

1998 年，66 岁的李云鹤已经退休。这一年，天梯山石窟大佛修复工程启动了，他被敦煌研究院返聘，专门主持这项修复工程。

在甘肃省文物局和敦煌研究院的安排下，李云鹤带领团队在天梯山石窟修复第 13 窟大佛及其他 6 尊塑像。当时，一直跟着李云鹤做塑像修复的儿子李波已经成了敦煌研究院的技术骨干，父子俩共同承担起修复天梯山大佛的重任。他们在天梯山石窟进行调查和采样，了解大佛修复所用的材料和工序，根据“修旧如旧”的原则和 1953 年及 1959 年拍摄的几张不甚清晰的大佛远景照片，制定修复方案后就开始进行修复。

用平面照片修复立体大佛，尤其是修复已不存在的大佛头，难度可想而知。拍摄照片时，水库尚未建成蓄水，塑像在远处看得比较清楚，拍摄角度也较好。实际修复时，现场有个拱形水坝，空间受限，无法退远观察整体比例是否协调。而且脚手架横竖搭建密集如竹林，上下困难，难以观察远景和全景。父子俩只能把邮票大小的旧照

塑像修复前后对比图

1959年，李云鹤在天梯山石窟临摹塑像

李云鹤修补过的天梯山石窟大佛

片放大到极限，再对照大佛头像的残存部分来确定实际尺寸。如果是现在，可以用大型吊臂或者升降机。但在那个年代条件非常有限，场地狭窄，空间局促。为了更好地工作，解决问题，他们必须想出很多办法。比如，他们创造性地利用吊篮，一点一点地将泥送上去。仅修复塑像所用的泥料就达150余立方米，不仅量大，还要考虑修复后的形似程度。李波回忆道：“那个大坝20余米高，我家老爷

青海塔尔寺项目竣工验收仪式，右一为李云鹤

子也要在吊篮里工作。他在上面的时候，我在下面观察，告诉他这里泥料还少点，那里需要多一点，老爷子就在上面再进行调整操作。”

历时两年多，大佛佛头及周边塑像修复完成。修复后的大佛窟塑像，在整体效果和局部造型上接近原作水平，得到了验收专家和社会各界的好评。李云鹤在这些工作中，不仅运用了木工、泥工的实践技能，还融入了美学和造型学的知识。

第十一章 烛影残片间的千年对话

张掖金塔寺石窟位于甘肃肃南裕固族自治县，存有两个洞窟——东窟和西窟，距地表 60 余米，为东晋十六国时期的北凉政权修建，距今已 1600 余年。虽经后代重修，但大部分塑像只是进行了彩装，个别缺失塑像进行了补塑。

金塔寺东窟平面布局呈长方形，窟室宽 9.70 米、高 6.05 米、深 7.65 米，中心塔柱结构，窟顶自中心柱向四面倾斜而下。中心塔柱基座高 1.23 米、宽 4.20 米，塔体高 4.82 米。塔体四壁均开龛造像，龛室分上中下三层，内塑佛像、菩萨和莲花童子等彩塑。中心柱四面底层正中开一圆拱形大龛，龛内塑一结跏趺坐佛，龛外两侧原各塑胁侍菩萨一尊，龛楣两侧各塑飞天三至四尊，相对作凌空飞舞之势。中层并排开三个圆拱形龛，每龛内塑一尊佛，每龛外塑胁侍菩萨，共四尊。上层原营造设计应为十佛、十菩萨，现有部分元代重塑或已不存。顶部绘有坐佛，以圆形格分隔排列，以白色饰底色，佛袈裟为绿色，均结跏趺坐。

与东窟毗邻的西窟，形制与东窟基本相同，但规模略小于东窟，宽 7.90 米、残深 3.90 米、高 4.30 米。窟内中心柱也分三层开龛造像。下层每面正中开圆拱形大龛，每龛内塑一尊结跏趺坐佛，龛外两侧各塑一尊胁侍菩萨。中层南面龛内塑一尊结跏趺坐佛，龛外两侧各塑一尊胁侍菩萨。北面龛内塑一尊结跏趺坐佛，龛外两侧上、下各塑二菩萨或二弟子，均为坐式。东面龛内塑一尊倚坐佛，龛外两侧上、下均塑结跏趺坐四菩萨。上层每面塑千佛或菩萨，四尊为晚期重塑，余为原作，局部为晚期妆绘。

虽然金塔寺石窟仅由东西两个面积不大的洞窟组成，但在我国佛教石窟艺术发展史上占有重要地位，原因便在于其塑像均采用悬塑（高肉雕）手法，其分布于中心方柱上的佛、菩萨、力士、弟子、飞天等塑像各具形态，栩栩如生，在石窟艺术中独具特色。尤其是大型悬雕彩塑飞天，在国内石窟中绝无仅有，具有极高的研究价值。

金塔寺石窟现存 227 尊塑像及近百平方米壁画，内容涵盖佛、菩萨及飞天等，佛、菩萨像面容饱满，气象庄严，其中的 100 尊塑像经过李云鹤的修复。“他们让我修复 99 尊塑像，我最后修出了 100 尊塑像。”李云鹤笑着回

《河西石窟》中的飞天脱落前照片

忆道。

那是 2000 年至 2001 年，参与金塔寺受损塑像修复工作的有李云鹤、李波和张掖市文物保护所的三名工作人员。

谈及修复金塔寺脱落的塑像，李云鹤坦言，最大的困难在于定位。塑像体量比较大，如果反复拿着残块去与原墙壁进行试探性的拼对，既易损伤塑像，又比较费力。为了解决位置判定及残块相互关系的问题，李云鹤团队先利用了塑像背面特有的凹凸痕迹，进行正投影拍摄。接着，参照旧的资料照片，对可能存在的区域的位置进行大致确认并拍摄。随后，利用图像处理软件进行比对和拼接，以确认其关系及位置。最后，还要在电脑上进行一次虚拟修复，进一步验证拼接的准确性。

浮雕类的石窟塑像靠主骨架和墙体上的木桩支撑着。这些木桩的材质随着岁月的流逝而老化，逐渐变得疏松、不坚固，塑像便会因体重过大而倾斜。面对那些高达三四米甚至四五米的倾斜塑像，为了加固必须将其放倒才能操作。对于底部呈“魔鬼”或“小鬼”形式的夜叉塑像，则需要先将其解体，否则在放倒过程中极易压坏。

李云鹤说，文物修复师要干木匠和泥瓦匠的活。比如，在修复塑像时，为了解决支顶其肚子、脖子等区域的问题，他会取木条，用锯子锯出雏形，再用刀子随形削制，然后垫上棉花和垫布，最后完成支顶结构，以确保在修复过程中不会对塑像造成任何伤害。在今天看来，这样的工作似乎已经简化。金属、塑料等材料可以快速成型，双面胶等工具能快速完成防护层并进行修复。但在那个年代，全凭李云鹤自身的认知和经验去摸索合适的方法。

在修复金塔寺塑像时，还发生了一件很有趣的事。

金塔寺东窟损伤塑像修复前后对比图

当时金塔寺用电很困难，李云鹤团队几乎全靠蜡烛照明。有一天，李云鹤端着蜡烛进入东窟，在角落发现了一些掉落的塑像残块。他提议花点工夫清理一下：如果能够找到比较完整的，就尝试复原；如果找不到，也要进行整理和登记，明确这些残片是属于什么类别、是哪些结构部件，并单独包装存放，以便日后的研究或修复。这些残块如若放在那儿无人过问，地面潮湿的环境下时间一长，极易破损甚至损毁。于是大家就着手清理，清理过程中发现有一些塑像残块保存状态较好，且颜色也较为一致，依据形态判断，可能属于同一尊塑像的残块，也可能是相同类型塑像的残块。那能不能够拼接出相对大一点的残块，甚至是一尊较为完整的塑像呢？

在对残块进行分类的时候，李云鹤进行了一次尝试性的拼对，结果竟完全吻合。随后，借助现代科技的力量，通过拍照和图像处理软件，李云鹤团队进行了进一步的认定。经过一番精心地比对后，李云鹤惊喜地发现，残块中不仅包含了中心柱北向面主佛的头像，还补全了东向面菩萨像的双腿及上身部分。更重要的是，他们还拼出了一尊基本完整的飞天。为此，李云鹤查阅了相关资料，查到了1987年出版的《河西石窟》。书中拍摄于1963年的黑白图

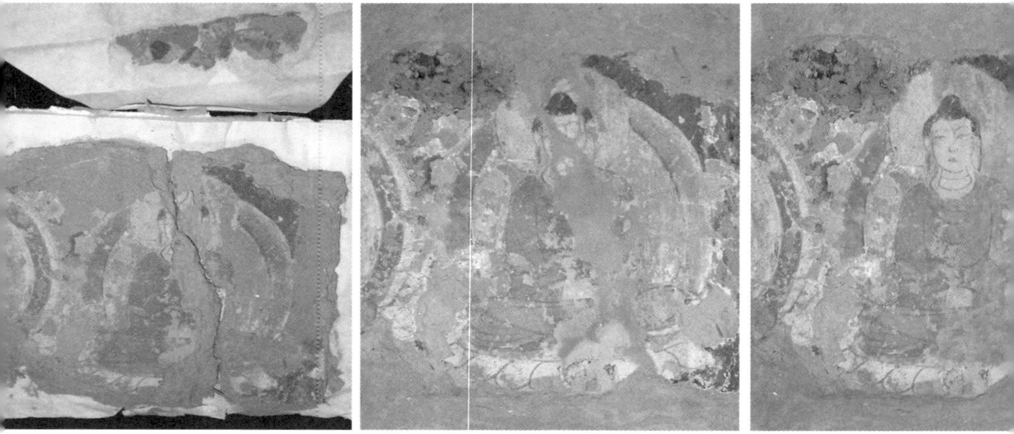

金塔寺受损千佛像加固修复前后对比图

片清晰显示着这尊飞天，而在20世纪80年代拍摄的彩色照片中它却已经缺失，说明飞天就是在这段时间掉落的。

这一发现令所有人都异常激动。对于文物的保护工作来说，这无疑是一件大功。当地文保所和文物管理部门的同事和领导得知此事后，也惊喜万分。他们感慨，修复文物往往越修越少，而这次却是“修得多出来了”。

2011年6月，李云鹤带领敦煌研究院文保中心专家及工作人员一行8人进驻大像山石窟工地，对受多种病害侵袭的甘谷大佛进行维修。

大像山位于甘肃省天水市甘谷县城西南2.5公里秦岭西端的文旗山上。大像山石窟最早开凿于北朝时期。山中悬崖间的峭壁上有大洞窟一个，洞内坐石胎泥塑大佛一尊。甘谷大佛为半圆雕石胎泥塑，高23.3米，肩宽9.5米，头高5.8米，膝长6米。其造型高大雄伟，令人仰止。甘谷大佛最为突出的问题是，身体部分的胎体空鼓和表面颜料层的起甲、粉化脱落，以及头部的残缺。

对于表面的颜料层病害，李云鹤已经有了相对成熟的修复技术。然而，大型塑像的胎体空鼓和断裂问题，却是他们面临的一大挑战。由于塑像的泥层厚实且重量较大，采用灌浆处理时需要格外小心，既要确保灌浆量适中，又要防止因处理不当而诱发新的伤害。因此，李云鹤采取了局部的、少量多次的加固处理方法。

在修复大佛的脚部与莲座部位时，由于缺乏原始资料，李云鹤团队无法得知大佛原有脚部和莲座的具体形状。李云鹤团队并未贸然动手，而是遍访甘肃其他大型造像的遗迹，进行大量的考察和论证。追溯其历史，1975年大佛窟三层楼阁倒塌，致使大佛右手受损严重。1981年维

金塔寺石窟外景

修时，对大佛右手进行了重塑。在此次维修中，李云鹤发现重塑的右手存在两个问题：一是右手形态显得肥硕，与左手不够协调；二是该手印为吉祥印，而一般大型佛像右手多为无畏印。他推测 1981 年的修复可能未能详考史料。为慎重起见，李云鹤请大像山文管所工作人员多方寻访知情者，得到的反馈均称 1975 年破坏前大佛右手确为吉祥印，1981 年修复系按原样复制。随后，李云鹤与敦煌研究院几位老专家深入研讨，认为虽然甘谷大佛右手呈吉祥印较为少见，但因其历史原貌如此，且已为当地民众及信众所习惯，不应轻易改变现状，于是便放弃了重塑大佛右手的方案。他严谨审慎的工作态度，得到了大像山文管所的高度肯定，时任所长林天山说："当时李云鹤先生已年届八十高龄，仍随维修组坚守现场，具体负责工程质量。他每天攀爬数十米高的维修架亲自指导，动手处理高难度工序，其敬业精神和对文物工作一丝不苟、严谨认真的作风，确实令人敬佩。和李教授等专家学者一起工作的经历成为我一生受用的珍贵财富，有幸参与大佛维修工程也是一次难得的机缘。"

此次维修原计划从 2011 年 5 月开始至 10 月底结束，但进入 10 月后，甘谷开始持续降温，气温直线下降，野外露天维修工作已无法正常进行，为保证维修质量，工作被迫暂停。为了不影响第二年"四月八"春游会的正常举行，李云鹤团队决定于会期开始前一个月复工，务必赶在"四月八"春游会之前竣工。经过夜以继日的工作，大佛维修的各项任务最终均按计划完成。

修复文物的过程，是与沉默历史的虔诚对话。金塔寺石窟与甘谷大佛的修复经历，正是对李云鹤毕生信念的生

金塔寺中心柱北向面拼对复原佛头（2021年拍摄）

动诠释——“每一件文物都是有生命的。我们的使命，是倾听它们无声的诉说，并用最敬畏的心，将这段跨越千年的故事，小心翼翼地续写下去。”在文物每一处修复痕迹里，都凝结着文物修复师与古老文明的心灵共鸣，更铭刻着文物守护者接力传递文明星火的永恒印记。

第十二章

百本笔记镌刻的文物修复人生

2019年初，李云鹤当选2018年“大国工匠年度人物”，颁奖词如此书写他的成就：“风刀沙剑，面壁一生。洞中一日，笔下千年！六十二载潜心修复，八十六岁耕耘不歇。李云鹤，用心做笔，以血为墨，让风化的历史暗香浮动，绚烂重生！”

李云鹤是当年十位“大国工匠年度人物”中年龄最长者。就在颁奖典礼的前一天，这位老者才从四川新津观音寺5米多高的脚手架上撤下来。

颁奖典礼上，敦煌研究院名誉院长樊锦诗在颁奖时如此评价他：“李老师，人高马大，心灵手巧。他做修复工作的时候，一丝不苟，精益求精，而且善于动脑子、想办法。几十年间修复了各种壁画，从没有失手过。凡是他修复过的壁画，最后结果就是恢复到文物残破以前的原来面貌。”

樊锦诗的这番赞誉，让李云鹤内心激荡不已，他深感这些年的艰辛付出得到了最珍贵的认可：“这是我这些年来第一次听到她如此评价我，我突然感到我这些年的努力也是值得的！我愿意用自己有限的生命去延长千年文化的时间。只要我行动还方便，就愿意继续在文物保护的一线工作下去、研究下去，继续为祖国的文物保护事业尽自己的绵薄之力！”迄今为止，李云鹤总共修复各种壁画 4000 余平方米、塑像 500 余尊。他的足迹涉及全国 11 个省市、30 余家单位。而这些数字还在慢慢增多，即便已是 92 岁高龄，他依然常常出现在文物修复一线。而比这些数字更触动人心的，是他跨越一甲子的“面壁”生涯的另一种结晶——100 余本手写的文物修复笔记，装满了一箱又一箱。

“由于没有现成的经验，每一项具体的修复工作可以说都是新的。”李云鹤这样解释这些笔记的由来，“没有固定的统一方法和标准，只能是自己‘摸着石头过河’，一步一步记录下来，然后逐渐总结提高自己的工作能力。”

走进李云鹤的书房，仿佛踏入一座微型档案馆。书柜的大部分空间被按年份整齐分类码放的笔记本等资料占据。每拿起一本，他都能准确地说出笔记的记录时间和内容：“这是 1975 年莫高窟的修复工作笔记……这是 1991 年在青海修复工作的笔记……这是在新疆修复工作的

李云鹤的部分工作笔记

笔记……这是分离重层壁画的方案……”

当取最高层的一个文件盒时，可以看到那老化的塑料盒已濒临碎裂，无声诉说着岁月的流逝，也提示着这些手写遗产本身的脆弱。有参观者对李云鹤说：“李老师，您可要保护好这些手写笔记，这也是文物，一定要隔几年就换一批好的盒子，并且尽快把这些笔记数字化保留或者整

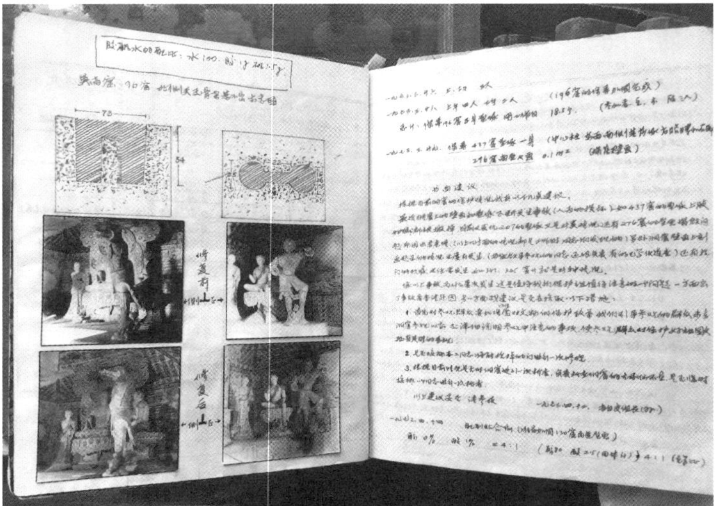

李云鹤的工作笔记内文

理出版，我看到有的笔记本上的钢笔水在褪色。”

这些修复工作的笔记，是李云鹤日复一日、年复一年修复身影的忠实投影。有人曾问过李云鹤：“您白天要进行修复工作，这些笔记是什么时候写的？”李云鹤说：“一般都是晚上回宿舍睡觉前写的。我习惯了每天晚上写当天的笔记，这样很多事情就记得非常清楚。如果是出差，有时等车或候机时也会写。”这也让他养成了一个习惯，一出门就提着一个布袋，里面除了基本的修复工具，必定还装着笔记本、笔和手电筒。

李云鹤没有周末的概念，休息时间不固定，工作节奏随修复工序而定，一般都是一道工序完成后才休息，“平均每天在石窟里工作 9 小时，收摊半个小时”。有时晚上十点才结束，回到宿舍后他还坚持把笔记写好。

每年 11 月至次年 3 月，是李云鹤一年中最清闲的时光。这是因为，河西走廊温度极低，修复壁画用的黏结剂不易被渗透吸收，修复工作只能暂停。这个时段，李云鹤就会用来整理自己的工作笔记。他的生活一直非常规律，每天早晨 5 点起床，洗漱后锻炼身体到 6 点。吃完早饭后，就在书房里查看书籍资料，制定各种病害文物的修复方案，整理工作笔记。这些笔记承载着李云鹤所有的青春和记

李云鹤的工作笔记已分门别类整理

忆，也凝结了他一生的心血。

六十余载春秋，无论是在莫高窟修复壁画塑像，还是在外省市修复保护现场，李云鹤始终坚持亲自勘察现场、制定方案和动手修复。他已养成了一丝不苟、精益求精和高度负责的工作态度，并将之践行于每一次修复工作中。

然而，当被问及是否零失误时，这位严谨的大师坦言也有过遗憾：“那是在青海揭取壁画时，突降大雨，壁板上盖着一层塑料布，以防淋湿了纸和棉花层。那幅壁画很大，我担心壁画揭取下来后，塑料布太滑，壁画不安全，就说让他们等着我，我去想办法。就在我离开的那段时间，有一个工人说‘没问题，咱们就这么把它揭下来’。等我赶回现场一看，他揭下来的壁画下部有近50厘米被挤压变形了。我一下子生气了，我说：‘你们这是干什么？’尽管受损壁画是壁画的边框，只有墨线条，但那可是文物呀！”李云鹤为此痛心疾首，为了补救，他专门请来了美

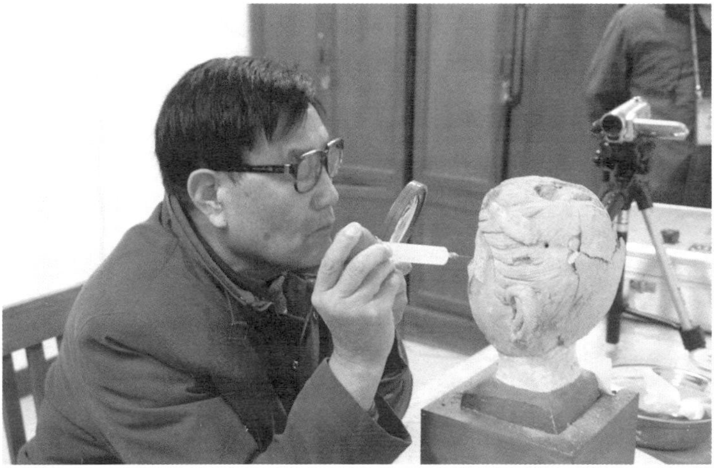

李云鹤在北京故宫博物院塑像保护修复现场

术专家帮忙，耗费十多天精心修复，最终效果差强人意。李云鹤说，这是他主持工作期间出的最大的问题。这件事一直在李云鹤心中多年，成了他修复工作中最大的教训。

面对鲜花与掌声，李云鹤往往显得格外清醒与谦逊：“‘大国工匠年度人物’是对过去工作成绩的认可，但不是到顶了。无论干什么工作，只要把心思、努力用上，拿出你的实际本领，在自己那一行里努力工作就是好工

李云鹤在2018年度“大国工匠年度人物”颁奖典礼现场

匠！荣誉不是我个人的，是我们大家搞文物修复工作的成果，是敦煌研究院工作者的模范作用和力量促使我获得了荣誉。”满头银发下，李云鹤那双洞悉千年风霜的眼睛，和他那百本承载青春、记忆与毕生心血的工作笔记，共同诉说着一个文物修复师用生命守护文明的庄严承诺。

第十三章 银发赤心，薪火相传

作为敦煌壁画修复的开创者，李云鹤用超过半个世纪的光阴修补着这些脆弱的文明印记。当第一代文物修复师渐渐老去，如何将这些珍贵的修复技艺与经验传承延续，成为敦煌研究院最为紧迫的课题。

1998 年，65 岁的李云鹤退休后被敦煌研究院返聘。同年，樊锦诗担任了敦煌研究院院长。樊锦诗给李云鹤一个重要任务就是培育新人，李云鹤欣然领命，这一干就又是二十余年，一直到现在。樊锦诗退休了，王旭东继任院长，对他说："李老师，继续干吧。"后来，尽管敦煌研究院的院长更换，李云鹤却一直延续返聘。

李云鹤说："我们国家的文物保护工作任务相当繁重，文物保护的情况不容乐观，需要有更多的人参与到文物保护工作中来。我不仅要把文物保护知识和保护技术毫无保留地传授给学生，还要争取在文物保护工作中有新的突破和提高。"为此，李云鹤总觉得自己的时间不够用。

敦煌研究院的文物保护队伍从最初的6个人，发展到如今的200多人，年龄跨度从"60后"到"00后"，他们大多是李云鹤的学生。在学生的印象里，"李老师特别严格，脾气很大，但也很有耐心"，教了他们很多真本事。

在一次聚餐中，一名学生向李云鹤恭敬地表示感谢："李老师，有了这门手艺，我这一辈子吃饭就不愁了。"

"你这话我不爱听，"李云鹤非常生气地说，"文物修复是一项崇高的事业。况且，我这个年纪都不敢说自己已经学到家了，感觉还有很多东西需要学习，全国各地有问题的壁画和塑像还想去做一些，积累经验，不断创新，更何况你。"

李云鹤常常教导学生说："对文物修复工作要有感情，要爱护文物，知道它的可贵，才能用心去修复文物。"

2006 年夏天，年逾古稀的李云鹤带着团队在杭州凤凰寺修复穹顶壁画。杭州的暑天闷热难耐，几个年轻队员心里直打退堂鼓。可一抬头，看见他们的李老师踩着简易脚手架，汗珠子顺着脸和胳膊往下淌，后背都湿透了，但他表情非常平静，完全进入了忘我的工作状态。几个年轻人互相看了看，谁也不好意思喊苦喊热了。

李云鹤从不吝啬分享自己的经验。他总是把工作中总

2015 年，李云鹤（左）跟学生正在研究塑像修复三维影像

结的窍门和遇到的典型案例详细讲给学生和同行听，生怕大家多走冤枉路。他希望学生能够超越他，因为只有这样，文物保护才能一代代延续下去。

他认为，一个好的老师不能只守着自己肚子里的那点墨水，更需要不断地学习，因为文物会因其材质不同，所处环境不同，而有不同的病害特征，虽说道理大致是相通的，可每一次具体操作都是不一样的。

随着科技的发展，李云鹤鼓励学生借助新科技手段进行修复工作。直到现在，92 岁的李云鹤还在学习新的高分子修复材料的使用以及 AI 技术在修复工作中的运用。现在，如果有学生在施工现场遇到问题拿不准，还会立刻停下来给李云鹤打电话请教。有时候，李云鹤还会直接奔赴现场指导。

一个真正的文物修复师，不仅需要精湛的技艺，更需要广阔的视野和深远的思考。在制定方案时，李云鹤总是考虑周全，从成功与失败两个角度去思考问题。他强调，每一个细节都可能成为决定成败的关键。带学生一起出去考察时，李云鹤总是鼓励他们提出自己的想法和观点。李云鹤倾听他们的意见，然后进行深入的交流和指导。李云鹤不仅教授他们技艺，更教会他们如何去思考和解决问题。李云鹤会问：“你认为这样安全吗？万一出了问题，你有什么应对之策？”李云鹤的这种严谨态度，让学生既敬佩又畏惧。

除了严格的要求，李云鹤还有着温暖的一面。他也很关心学生的生活和家庭。每当得知学生有困难，他总是想尽办法帮忙解决。

二十多年来，李云鹤通过言传身教，悉心培养人才，

李云鹤（左二）在指导学生修复壁画，右一为王兴龙

将自己的本领倾囊相授。在他的指导下，敦煌研究院文物保护研究所已形成一支专业团队，其中不少成员现已成为文物修复保护领域的中坚力量，并且在学术研究方面取得了显著的成就。

孙洪才是1977年跟李云鹤学修复的，如今虽已退休，却仍致力于敦煌数字化工作。回首当年，孙洪才感慨道："李老师做每一道工序都精准到位，他不会说差不多行了，他一定要达到心中预期的效果。他让我受益良多，李老师是当之无愧的大国工匠。"

"在新疆揭取壁画时，那么艰苦的条件下，李老师跟着我们吃住在一块儿，在潮湿的洞里铺点儿麦草、褥子睡觉。按道理说，李老师有条件可以住得更好一点，但是李老师从来是艰苦朴素的，不讲条件，只顾把工作干好。"孙洪才接着说，"1979年的时候，我们去天水麦积山修雕塑。要在七八十米高的架子上面工作，谁不怕呀？就是一个木头架子，条件有限，没有什么安全措施，也没有现在的脚手架。人走在架子上晃得厉害，心里就已经发慌了。但在李老师的带领下，我们脑子里只想着把这件事情做好，不让塑像在修复的过程中出问题。"

莫高窟小广场上有一个慈氏塔。那是1981年李云鹤和孙洪才一块儿从三危山搬回来的。此塔原存于距莫高窟约 15 公里三危山山巅的废寺间。骡子和骆驼只能驮木头、砖石和土坯，不能驮壁画和佛像，上山下山，容易损坏文物，所以，壁画和佛像都要人工抬。他们各自带两个馒头、一壶水，跑到三危山把建筑材料、壁画、佛像一点点搬运过来，来回一趟要 30 多里山路。

在孙洪才的记忆中，李云鹤对细节的苛求近乎“执拗”——大到一个新工具箱，小到一个针头，他都要求学生认认真真延长它的使用寿命。每天下班以后，工具、擦布要洗干净以后把它晾起来才能下班。即便时隔数十年，孙洪才仍保留着当年李老师亲手交给他的全套工具，一件未丢。

从李云鹤身上学到的那种严谨的工作态度，在孙洪才干了敦煌数字化以后依然是受用的：“我做过的数字化项目到现在上万张照片零误差，也是受到这种工作态度的影响。李老师的工匠精神，值得我们用一辈子去学习践行。”

相较于孙洪才的“老资历”，1978 年出生的王兴龙算是李云鹤的青年学生。2007 年，土木工程专业出身的他投身敦煌修复事业，从此与李云鹤结下深厚情谊。在王兴龙的印象中，李云鹤特别喜欢思考，会从实践中总结经验，是个实践家。“李老师遇到问题时，会想尽办法把问题解决了，感觉没有他解决不了的问题。”他刚开始跟李云鹤学技艺时，有好几个项目都是他们师徒两人在深山里修复的。一个项目在山里一待就是几个月，甚至一年。每次在进山前，李云鹤都会进城采购。“李老师很有野外生活的经验，会采购保暖物资、常备的药物，他知道我爱喝酒，总会特意给我准备一些酒。”王兴龙说，“他的年纪比我爷

莫高窟小广场上的慈氏塔

爷都大，我们俩在一起，彼此的生活习惯都知道。他考虑事情非常周到，生活上也很照顾我。在山里，我们得自己做饭，李老师也负责做饭，经常在山洞里架一个炉子擀面条。”

如今，王兴龙也成了文物修复工作团队负责人。进山前，他也会像李老师一样细致地准备物资。在洞窟中，

新疆克孜尔石窟壁画保护工作小组成员合影，左四为李云鹤，左三为孙洪才

他享受着“与壁画对话”的宁静。王兴龙说：“李老师说过‘修复工作是不可逆的’，我一直记在心里。每次动手之前，我一定要先想明白怎么做，要想到修复后的效果，达到什么标准，尽量不要给文物造成伤害。我从不后悔选择了这个职业，更庆幸自己能遇到一位把我领进门的良师……”

李云鹤每隔一段时间就会去一趟曾经工作过七年的榆林窟，主要是想去看看那边学生的工作和生活情况。每次到访，学生都会不约而同地聚拢过来，热情地问：“李老师，您中午想吃什么？我们给您做。”李云鹤总是笑着摆摆手：“食堂有什么就吃什么，你们先跟我一起去看看洞窟吧。”在洞窟巡查时，李云鹤时常会遇到讲解员给游客做介绍。有一次，讲解员小李在介绍榆林窟第 25 窟时，指着北壁中部无画面的地方说这是酥碱病害。李云鹤温和地纠正道：“这里其实是壁画地仗坑洼位置残留的一些白粉层，不是盐析或者盐霜，所以这不是酥碱病害。榆林窟在河峡谷两岸，环境比较潮湿，由于岩体内的水分向洞窟一侧运移过程中，造成了岩体内可溶盐的运移，干燥后盐会结晶。下次有水的时候，盐会被再次溶解并继续随水分运移和再次结晶。就是这个反复的过程，对壁画和岩体造成了严重的影响，这才是酥碱病害，也是榆林窟常见的病害。”当小李提到“后甬道壁画变黑，有地质学家认为颜料是因氧化而引起的变色”时，李云鹤又耐心解释道：“有些地方确实是颜料因氧化导致的变色，但是这个地方实际上是烟熏造成的一个变色……”听了李云鹤详细的讲解，小李恍然大悟，连连道谢：“谢谢老师指教，我终于弄明白真正的原因了！以后如果再有游客问起，我就能准确解释了。”

榆林窟第 25 窟双甬道中心佛坛殿堂窟

第十四章 三代接力，守护传承

在敦煌研究院文物保护事业的壮阔画卷中，李云鹤家族三代人的故事犹如一幅绵延不绝的壁画，用六十余年的光阴谱写了守护与传承的动人篇章。这个特殊的家族，以血脉为纽带，将文物保护的火种代代相传，在戈壁荒漠中谱写着文化守护者的传奇。

1960 年，李云鹤与妻子王秀英的第一个女儿李钧在山东出生。1962 年，第二个孩子李铭在敦煌出生。1965 年，第三个孩子李波在山东出生。

20 世纪 60 年代，家属不能随着李云鹤在单位，因而王秀英和李云鹤不得不两地分居。1965 年，王秀英带着李钧和李波在山东老家。李云鹤带着李铭在敦煌，从此异地生活十多年。

其间，李云鹤利用春节假期带着大儿子李铭两次回到山东老家与王秀英和其他两个孩子团聚。王秀英也带着两个孩子到敦煌住过一次。

那时赶火车很不方便，一天就一趟车，王秀英手牵着女儿李钧，背着行李包，怀里还抱着李波。孩子小，走不快，眼看火车就要开了，幸亏车站的列车员帮她抱起女儿才得以登上列车。

直到 1977 年，王秀英才终于带着孩子们在敦煌与李云鹤团聚。李云鹤格外珍惜这来之不易的团聚时光。他特意买了一张大圆餐桌，以便一家人都够围坐在一起，享受家庭的温馨。这张普通的大圆餐桌，见证了这个家庭重新开始的温馨时光，也为后来的事业传承埋下了伏笔。

受李云鹤的影响，李云鹤的小儿子李波和孙子李晓洋（大儿子李铭的儿子）都成了敦煌研究院的文物修复师。

李波的成长轨迹，完美诠释了“子承父业”的深刻内涵。1983 年，李波高中毕业后通过招干考试入职如今的敦煌研究院；同年秋天，他得到脱产进修机会，单位派他到中央美术学院国画系，学习工笔仕女画。

两年后，李波学成归来，被分配到研究院考古研究所开始从事石窟考古测绘工作。从工笔画追求的艺术创造性到考古测绘必备的准确性，为了配合做好不同时期石窟的考古报告，李波边学边干。考古测绘工作是有一定难度

凤凰寺全景

的，洞窟是手工开凿出来的，不像现代建筑有很多设备来校正墙面的平整或边缘的笔直，特别是遇到球面体的时候，如何把一个球面展成一个平面获取数据，并非轻而易举之事。在考古测绘工作中打磨了四五年，1990年，李波将技能拓展到了古代壁画、彩塑的保护修复领域。

李波入行后，父亲李云鹤对他讲得最多的就是对待文物修复的态度。从前期研究到后期修复，每一步都要认真对待，这样才能少留遗憾。

李云鹤（左一）与儿子李波（左二）、孙子李晓洋（右一）分析壁画病害成因

李云鹤常对小儿子李波说："对待文物要有感情，知道它的可贵才能用心保护它。一旦要修，就要修到最完美的状态，宁可不修也不能修坏了。"

起初，李波对父亲说的话还似懂非懂，而真正让他明白这句话是在 2000 年。

有一次，李波与父亲外出援助兄弟单位的文物修复工作。当时，李波负责修复一座天王像，当他给父亲看修复成果时，却得到了父亲这样的评价："你的理解和状态都不对，我很怀疑你学到哪里去了。"面对父亲严厉的批评，李波花了两三天时间翻阅更多资料去思考和反思，才领悟到：文物修复不是简单的拼接，得去领会文物自身的状态，不能糊弄自己，更不能糊弄古人。从此以后，再谈文物修复时，李波谈得最多的就是"敬畏"。

工作这么多年，李波和父亲基本在一个工作组里。李云鹤对他要求严格并言传身教，除了修复技艺，那种对这份工作的坚守和执着，特别是对待文物的重视、敬畏，也深深影响着李波，后来，他也将这份"敬畏"传递给了自己的每一位学生。

在继承父亲技艺的同时，李波也发展出自己的特色。在进行山东泰安岱庙天贶殿修复时，李波提出了"开放式保护”模式，让公众近距离观察修复过程。这种创新的工作方式取得了意想不到的效果。游客们目睹文物修复师如何一点一点地修复古老壁画，对文物保护工作有了全新认识。

李波还特别注意细节的科普。当看到穿着雨衣进入修复现场的游客时，他会细心耐心地解释：“雨衣、雨伞都最好放在外面，人体散发的热量会把身上湿衣服的水汽蒸发到修复工作空间里，对壁画的保存非常不利。”

“文物不可再生，今天的疏忽不在意，可能就导致它永远消失。有一些画面的重要点一旦丢失，将来研究人员在判读画面时，这一点点缺失就可能会有很大影响。”李波和其他修复人员在现场跟游客不断沟通，对进一步提升他们对文物保护的认知成效显著。

30余年的修复生涯中，李波交出了一份亮眼的成绩单：李波个人修复古代壁画约2000平方米，彩塑150余尊；主持或指导完成全国重点文物保护项目立项、保护修复方案编制、保护修复项目实施30余项……其中，“甘肃省武山水帘洞石窟壁画彩塑保护修复工程”获得第二届全国文物保护工程十佳项目，“河北曲阳北岳庙壁画保护修复工程”获得第三届全国文物保护工程十佳项目。在2023年举行的全国行业职业技能竞赛——全国文物行业职业技能大赛上，李波荣获壁画彩塑文物修复师项目一等奖。2024 年 5 月，李波作为全国职工职业技能竞赛优胜者，荣获全国五一劳动奖章单列表彰。

李波心心念念地要把自己数十年积累的一些经验传授下去。为此，他发表了《石窟壁画彩塑搬迁复原技术探讨——以敦煌南湖店石窟搬迁为例》《大型塑像复原技术探讨——以武威天梯山石窟唐代大佛复原修复为例》《砂砾岩载体壁画保护修复研究》《Photoshop 在古代壁画修复的应用技术研究》等文物保护研究文章。

2011 年，刚从澳大利亚留学归来的李晓洋面临人生的重要抉择，而作为李云鹤的孙子，他最终决定留在敦煌，跟随爷爷学习壁画修复技术。这是让李云鹤感到非常自豪的事，因为这样一来，修复的技艺和理念就可以一代一代地传承下去。

在李晓洋的记忆中，爷爷是万能的，没有什么事情是他干不了的。李晓洋回忆说："爷爷动手能力特别强，小时候，家前面有条大河叫宕泉河，冬天河面上会结冰，爷爷就给我和堂姐堂弟们手工制作土冰车，还教我们怎样改进冰车，让它接触冰面面积更小，跑得更快。爷爷还会用装冰箱的纸箱子给我们做小房子，里面有小床，铺着地毯。”虽然从小在莫高窟长大，但他的童年过得单纯、快乐和美好。

谈及自己的人生抉择，李晓洋坦言：“当时内心多少还是挣扎了一阵子——一是觉得是否要停止读书，在20多岁就选择工作。二是考虑能否适应这份工作，因为那时候我

李云鹤家庭合影

觉得我还没有定心。三是如果最终是留在敦煌工作，那当年出去读书的意义又在哪里？这几个问题实则困扰了我很久。在跟爷爷多次交谈以后，我也答应爷爷，趁着现在还年轻，还有时间去选择，给自己两年时间，看看自己到底行不行，当然爷爷也要考察我，是不是‘这块料’。因为爷爷一直跟我说，兴趣是自己最大的动力，他能一辈子从事这份工作，跟兴趣和热爱是分不开的。”

2011 年初，李云鹤给院里整个修复中心的新入职人员（包括李晓洋）集中讲了 10 天的课，讲授的内容包括理论和实践技能，如怎么和石膏、翻模具之类。

从小生活在一个文物修复的家庭，李晓洋已经习惯了长辈们的出差。小时候他还非常羡慕大人们出差，一去就是大半年。没想到，他的愿望很快就实现了。2011 年 6 月，李云鹤就带着他们去了甘谷大像山石窟，修一尊 27 米多高的大佛。

这是李晓洋跟爷爷在一起共事的第一个项目，给他留下的印象特别深刻。

初出茅庐的李晓洋和另外两个年轻同事，被分配去准备修复材料，包括和泥巴、剪麦草、搬运器具等一些基础的工作。一开始李晓洋还觉得很有意思，但没有想到这样的工作一做就是大半年，自己没有接触到文物，手上倒是磨出了很多水疱。但他看到当时已经79岁的爷爷，每天跟年轻人一样爬将近30米高的钢管架修复壁画或塑像，心想他自己吃的这点苦又算得了什么。只是每天晚上躺在床上，他都不禁思考：这个选择真的对吗？我要这样一生都与泥土为伴吗？李晓洋想到过退缩和放弃，但又不敢跟爷爷说，因为两年的考察时间还没到。

更让李晓洋不适应的是，工作中的爷爷判若两人，严厉得令人畏惧：“我以前认为爷爷一直是非常慈祥和蔼的，基本上没见他发过火。但是，我工作了以后，发现好像不是这么回事。”22岁的他，第一次看到爷爷发那么大的火，至今记忆犹新。有一天，为了使大佛脚下莲瓣达到统一的形状，需要用石膏翻制模具，李云鹤就让他们去和石膏。第一个上去的是李云鹤带得比较久的一个学生，结果和成的石膏里面都是疙瘩，很不均匀，李云鹤有点生气了；又叫了一个学习时间也比较久的学生上去，结果也是和得不够好，李云鹤就非常生气地说：“冬天刚教过你们，你们怎么就都不会了？”

当时，李晓洋心里开始害怕了：爷爷怎么发火了？他就往后站，准确地说是躲，心里想千万别叫自己。因为他觉得自己可能和得还没有他们好。

就在这时，李云鹤说："晓洋，你过来，你来和。"果不其然，李晓洋和出来的石膏跟前面的同学一样不合格，李云鹤瞬间就火冒三丈："你们年轻人要选择修复文物这一行，就得好好去做，你不要说是为了工作而工作，在这儿浪费时间，既浪费自己的时间，又浪费修文物的时间，这是对文物不负责的行为。冬天刚教你们的，你们现在又啥都不会，什么都学不进去，一点都不用心学。你们要是不爱这一行，你们就趁早出去做点自己爱做的事情！"

李晓洋他们几个年轻人被李云鹤骂得不敢抬头。生活中的爷爷是一个非常随和的人，他没想到在工作中却那么严厉。他当时对此特别不适应。在那个项目团队里，有一位马叔叔是跟了爷爷很多年的老人了，事后李晓洋问他："马叔，我爷爷经常发这么大的火吗？我都没见过爷爷发火。"马叔叔说："那是你不知道。你爷爷在工作的时候发火，那是非常严厉的。以前我跟你叔叔（李波）做炳灵寺石窟修复，项目已经全部结束了，我们要坐船通行到库区和岸边。我跟你叔叔先去收拾工具，你爷爷在码头那边等我们，我们俩很开心地把工具全部用一个毯子包在一起，都捆扎好，就提着放在船上。快到岸边的时候，你爷爷看到我们了，还没有走近，就在岸边开始批评，说：‘你们这个工具都不放好，分类都没分好，拿着一个大布袋子就全部给它倒进去……’你爷爷当时大发雷霆，炳灵寺还有好多游客，我吓得当时都想从船上跳下去钻到水里去。你爷爷对工作的那种态度，我们一般都得适应一段时间。我到现在都很小心，怕做不对要挨骂。”

在家里，李晓洋从小到大跟爷爷很亲，有聊不完的天，每次聊天气氛也很融洽。但是在工作现场，没有什么爷孙，就是师生。李晓洋说：“和爷爷一起工作后，我更加敬畏他，我们的关系已经超越了爷孙，以至于一到工作现场，我们会马上进入各自的角色。他是老师，我是学生。”

工作后的第二年，李晓洋有幸跟随爷爷去到了河北曲阳，加入北岳庙壁画保护修复项目中。他心中又重燃希望，心想也许这回的壁画修复，自己可以胜任。没承想，一名壁画修复师，恰似一名“修行的僧侣”，整天“面壁”重复着千百次同样的工序。没有高大上的工作环境，只有近在咫尺的同事，但也没法聊天互动，整个修复现场安静得连修复刀落下去的细微声响都听得清清楚楚。时值夏日，古建筑内的大殿顶部像蒸笼一样，呼吸都很困难，每天衣服被流下来的汗水湿得能够挤出水来……

李云鹤全家福

两年时间到了，李晓洋觉得这份工作不适合自己，心里萌生退意，但看到爷爷那殷殷期盼的眼神，他又不敢把自己的想法说给爷爷听，只能一天一天地挨日子。

转机出现在2014年，李晓洋和同事在莫高窟360窟开展壁画修复。

修复前，墙上的壁画几乎完全被浮尘遮盖，损毁也很严重；修复后，壁画变得清晰、线条十分明确。在进行项目总结时，壁画修复前后的照片让李晓洋大为触动：原来看似每天不出成绩的工作，也能创造这样的奇迹！那一瞬间，他感觉无比踏实，为什么不去坚持呢？

李晓洋说：“我从小生活在莫高窟的脚下，是它（莫高窟）给了爷爷一生的事业，养育了我的父亲和叔叔，让我们这一代过上了衣食无忧的生活，现在我有幸能参与到文物保护事业中，也应该怀着感恩的心，去热爱、去奉献、去回馈，没有选择比这个更好了。爷爷一直说的给我两年考察时间，如果不适合就让我去选择我热爱的事情，虽然他没有给过我任何的压力，但我相信，如果我坚定地选择这一行，他一定会感到无比欣慰！”

和爷爷一起工作，李晓洋领悟到很多东西，也更加坚定了他在文物修复这一行继续走下去的决心：“我希望有一天我八九十岁，到了爷爷今天这个年纪的时候，回头去看一看自己所做的工作时，也能有像爷爷现在跟我们讲述他年轻时所做的一些修复工作脸上露出的那种自豪和满足。其实我更想追求爷爷的那种踏实。”

转眼间，李晓洋已经入行十几年了。随着工作阅历的增长，他在修复中越发变得谨慎小心，越来越明白爷爷的

2021 年，李晓洋和爷爷李云鹤（右）在青白江觉皇殿壁画保护工作现场

良苦用心，知道要成为一名合格的文物修复师还有很多的路要走。

目前李晓洋参与完成全国重点文物保护单位壁画彩塑保护修复项目 7 项，省级文物保护单位壁画彩塑修复项目 2 项，陆陆续续培养的壁画修复人员已有 20 余人，通过 8 年培养和发展，目前已有稳定的修复团队，足迹走过了甘肃、河北、陕西、四川、西藏、山东。对他来说，这份工作是神圣的。

李晓洋也一直记得爷爷的话：“要时刻秉持工匠精神，保持敬畏之心，为文化遗产的保护与传承贡献自己的力量。这份工作是一份良心工作，上要对得起祖宗，下要对得起子孙。”

李云鹤家族的故事还在继续。除了李波和李晓洋，儿媳沈淑萍、孙女李丹丹和孙女婿付祥波也都在敦煌研究院工作，分别在美术研究、彩塑临摹等领域贡献力量。一家三代六人，用不同的方式守护着千年文化遗产。

在敦煌的漫天风沙中，这个特殊的家族如同莫高窟前的白杨树，深深扎根，默默守护，将文明的薪火代代相传。

第十五章 勤勉一生，硕果累累

我们所见的每一件文物都是一部凝固的历史，它们是人类智慧的结晶，是历史的见证和记忆，它们有着自己的生命历程，承载着无数的故事和情感。然而，在漫长的岁月中，许多文物面临着损坏、腐蚀甚至消亡的命运。

文物修复，在一定程度上可以让腐朽、破损的文物重获新生。文物保护，保护的不只是“物”，更重要的是对文化遗产的保护。文物修复师不仅需要掌握多领域的专业知识，还需要有一颗耐得住枯燥寂寞、持之以恒的工匠之心，更需要对文物有敬畏之心，将每一件文物都视为无价之宝。

李云鹤常说：“我们文物修复工作者，在工作的时候，把文物的安全看得要比自身的安全更加重要。文物的不可再生性，决定着要对文物永远保持敬畏之心。”为观察记录数据，他无数次独自睡在石洞里，醒来后眉毛胡子上满是厚厚的冰霜，甚至被风沙打扮成“沙人”。

随着时间的推移，李云鹤对壁画和塑像的感情越来越深。在修复壁画的过程中，谁要是不小心碰掉一小块壁画，他都会要求他们必须找回来。他常跟学生说：“你身体上一块皮或者一块肉掉了，过些天它会长出来，但是对于文物修复时造成的损失，即使你补画得再好，那也不是文物了……说得严重点，文物坏在你的手里，你就成了历史的罪人。”

20 世纪 70 年代，敦煌文物研究所新招了一批工作人员，有一位女同志分到了李云鹤的团队。

有一次，他们在莫高窟修一幅 10 米左右的壁画。其中有一块壁画起甲，起甲壁画在修复过程中掉落了。一般出现这种情况后，只要捡起来把它贴回去即可。但这位

1991 年，李云鹤在青海瞿昙寺壁画保护工作现场

女同志没有去寻找掉落的壁画。她说：“就那么一点，不好找。”李云鹤严肃地对她说：“不好找你也要去找。”李云鹤坚持让她去找，她在底下找了一个多小时也没有找到。于是跟李云鹤说：“李老师，我实在找不到。”李云鹤说：“你找不到，我给你找。”于是他从脚手架上下来，沿着脚手架，一层一层寻找。他花了一个下午的时间，终于在下一层的架板上找到了那一小片掉落的壁画，并把它贴了回去。

李云鹤对那位女同志说：“不是老师难为你，我是希望你能端正态度。修复文物一定要坚持‘保持原状’的原则，哪块掉了，咱们给它粘上就好了。如果有一块掉了，找不到了，难道你要再给它画上吗？即便你画得再像、再好，那也是新的，不是人家原来的东西，价值是不一样的！”

2001 年，在温州博物馆修宋代塑像时，个别塑像修复完成后，需要对修补区进行适度随色协调处理。这时，李云鹤有个学生想别出心裁：在修复塑像的泥中添加颜料，这样后期就不用再随色了。李云鹤知道后生气地对他说：“你首先对文物不尊重，你就没有做到‘修旧如旧’，人家原来是什么样子的，你能随意改变吗？另外，你这样也会给以后的研究人员造成困惑，怎么塑像部分泥层还是彩泥塑造的呢？”随后，他把这个学生赶回了敦煌。

李云鹤认为，文物修复工作面对的都是国宝，不管你采取什么样的修复方式或者修复工艺，首要是保证文物的安全，因为文物是不能再生的，文物修复工作只能成功，不能失败。

六十多年来，无论是对自己还是学生，在文物修复工作中，李云鹤就一直是这样严格要求的。后来，他要求学生每天做 0.4 平方米的壁画修复，多了不行，少了也不行。

退休后，敦煌研究院安排老干部们迁居兰州，以改善医疗条件。然而，李云鹤却谢绝了院里在兰州分配给他的房子，选择与家人留在敦煌。他表示：“这辈子哪儿也不想去了，莫高窟就是我永远的家，这里有我激情的创业岁月和美好的青春记忆。进到洞窟里面感觉什么都不用愁了，活灵活现的塑像好像面带着微笑在和我说话，看一眼就非常满足，内心也很宁静幸福。”

李云鹤对敦煌有一种特殊的情感，对于那种情感，他一度无法用语言形容。直到读了季羡林的散文《在敦煌》，李云鹤仿佛遇到了知音。散文中那些优美的文字，正是他每天在敦煌过的日子。季羡林这样写道：“我从内心深处我真想长期留在这里，永远留在这里。真好像在茫茫的人世间奔波了六十多年，才最后找到了一个归宿。然而这样做能行得通吗？事实上却是办不到的，我必须离开这里。在人生中，我的旅途远远不到结束的时候，我还不能停留在一个地方。在我前面，可能还有深林、大泽、崇山、幽谷，有阳关大道，有独木小桥。我必须走上前去，穿越这一切。现在就让我把自己的身躯带走，把心留在敦煌吧。”

李云鹤庆幸自己可以把身心都留在敦煌。日复一日，年复一年，李云鹤穿着深蓝色的工作服，提着手电筒，背着磨得发亮的工具箱，无论春夏秋冬，无论刮风下雨，每天穿行在各个洞窟之间专注地修复着壁画和塑像。他把自己全部的时间和精力都沉浸到了这份最爱的事业中。

回首往事，李云鹤感慨道：“我在敦煌莫高窟走上文物修复的道路，并坚持在这条道路走下去，除了自身的热爱，还有一些人、一些事在关键的时候起了引导性作用甚至是决定性作用。”

第一位要数常书鸿，他总是鼓励李云鹤：“不会没有关系，只要你有想学的决心，你一定可以做出成绩。”他的鼓励让李云鹤有了尝试的勇气，并一直坚持努力。李云鹤坦言：“因为我没有系统专业学习过，只能说试试，但是我心里暗暗地下了决心，就像爬山一样，我爬不到 1000 米，我可以爬到 100 米、200 米、300 米……只要步步向前，总能到达山顶。”

樊锦诗非常关心文物保护工作，每次见到李云鹤都问：“老李，您最近做了什么，多跟我讲讲。”每一次项目结项，她都要亲自到现场查看。她还总叮嘱李云鹤：“老李，莫高窟的活太多了，您不仅自己干，还要多带学生啊。”

王旭东则是特别关心李云鹤的身体，他总说：“老李，您现在年纪大了，不要再爬那么高的架子了，不要自己动手，指导学生干就可以，您多注意身体。”可领导越是关心，李云鹤心里就越觉得责任重大，越不敢有丝毫怠慢。他对 500 多个洞窟里的壁画和雕塑，其历史年代、创作手法以及艺术特色如数家珍，在修复的过程中细心揣摩，谙熟于心。同时，为了壁画和雕塑的修复和保护，也常常“跨界”自学化学、物理、材料、水文、气象等知识。

岁月流转，李云鹤日渐苍老，而经他手修复的千年壁画却在一点一点地重焕昔日容颜。从初到莫高窟的俊朗小伙，到如今已是饱经沧桑的耄耋老人；从敦煌首位专职修复匠人，到我国文物修复界的泰斗级人物。时间染白了他的双鬓，岁月在他脸上刻下深深印痕，但那颗守护文物的赤子之心从未动摇，手中的修复工具也从未放下。他是最

文化部一九八五一九八六年度科技成果奖
成果名称 敦煌莫高窟起甲壁画修复技术
完成单位 文化部文物保护科学技术研究所 敦煌研究院
奖励等级 一等奖
中华人民共和国文化部
一九八七年二月
授予李云鹤同志
全国离退休干部先进个人荣誉称号，特发此证。
荣誉证书
李云鹤（先生/女士）：
荣获 2018 年“大国工匠年度人物”，特颁此证。
中华全国总工会 中央广播电视总台
二零一九年一月

李云鹤的部分荣誉证书

懂得欣赏壁画之美的人，也是最懂壁画“病痛”的人。

李云鹤的足迹不止于敦煌，故宫、张掖金塔寺、马蹄寺、西千佛洞、榆林窟、天水纪信祠、平凉泾川王母宫、甘谷大像山、杭州凤凰寺、曲阳北岳庙、山东岱庙……全国 11 个省市、30 多家文保单位，都活跃着李云鹤坚毅清瘦的身影。

在文物修复的道路上，能让李云鹤魂牵梦绕的事，莫过于在全国各地遇到壁画或塑像的“特殊疑难杂症”。直

李云鹤在写工作笔记

到今天，他还心心念念到各地去看看是否有壁画或塑像有什么病。有晚辈和他开玩笑：“李老师我们去外地修壁画吧。”他会说：“好啊！”说话时，他的眼睛都亮了，就像让孩子做他期待已久的事情一样。

李云鹤一生获得了很多荣誉：1978 年，壁画黏结剂筛选与修复工艺研究，荣获全国科学大会成果奖；1981 年，敦煌壁画颜料 X 光谱分析及木结构建筑涂料，荣获文化部一等奖；1987 年，莫高窟 161 窟起甲壁画修复，荣获文化部一等奖；1987 年，莫高窟 220 窟重层甬道壁画整体搬迁与复原，荣获文化部四等奖；1988 年，莫高窟大气环境及壁画保护研究，荣获甘肃省环境科学技术进步奖三等奖；1992 年，敦煌莫高窟环境及壁画保护研究，荣获国家文物局三等奖；2018 年，荣获甘肃省陇原工匠、甘肃省五一劳动勋章；2019 年，荣获 2018 年“大国工匠年度人物”；2019 年，荣获中央组织部全国离退休干部先进个人称号、甘肃省优秀人才称号，等等。

择一事，终一生，浩然匠心。年逾九旬，李云鹤依然坚守在大漠之中。他以数十年如一日的躬身践行，生动诠释坚守大漠、甘于奉献、勇于担当、开拓进取的“莫高精神”。他修复的，何止是壁画的裂痕与塑像的残缺！他以

2019 年，李云鹤荣获中央组织部全国离退休干部先进个人称号时拍照留念

毕生心血守护的，是穿越千年的文明之光，是民族记忆的鲜活印记，更是用生命诠释“何谓热爱，何谓永恒”的壮丽诗篇。

那听到修复文物邀请时眼中闪耀的光芒，正是照亮文化传承之路不灭的星辰。李云鹤站立的地方，就是文化尊严的堡垒；李云鹤守护的，是我们共同的精神家园。

后记

在我的印象中，西北是荒凉的，尤其是冬天的西北。此次敦煌之旅，纠正了我的无知和误解。

河西走廊，文明激荡、史诗壮阔，它的一端住着敦煌。冬天的敦煌，在蔚蓝苍穹和皑皑白雪的映衬下，显得更加广阔和深邃，人文与自然交织融合，庄严且生动，显现出一种特别的美。

历时十天的采访，从莫高窟到榆林窟，在李云鹤及其子李波的陪同下，我实地参观了几十个他们“面壁”过的洞窟。看到那些被保留和修复的壁画和塑像，我为莫高窟感到庆幸，正是以李云鹤为代表的一代代保护、修复壁画和塑像的莫高窟人，用满头华发换来莫高窟的“容光焕发”。

走进洞窟，外面的寒风被隔绝，阳光穿过狭窄的洞口，照亮了墙上的壁画。飞天衣袂飘飘呼之欲出，各种场景惟妙惟肖，经变画仿佛在光影中缓缓展开，似乎在向人们讲述其中的故事。

我不禁想到莫高窟从开凿到鼎盛，再到王道士揭开千年神秘面纱的全过程；从张骞开路、索靖出师，到张议潮的忠诚……莫高窟历经从十六国时期至元代约千年的营造与积淀，每一层壁画、每一座塑像和每一个洞窟都曾承载每一个时期人们的精神追求与向往，以及对善与美的诠释，其承载的内容如此深厚、丰富和生动，但对每一代人而言或许都有一种恍如昨日、却似经年之感。

在敦煌，时间仿佛可以静止；空气是安静的，安静得仿佛可以听到历史的回声。走出洞窟时，时间又仿佛转瞬飞逝。早晨走进洞窟，不知不觉，出来已是晚霞缤纷，就像一阵风把厚厚的历史书翻阅了……

敦煌的恢宏背后却有一个沉痛的事实：它正在慢慢消失，如果我们的守护和科技的进步跑不赢时间，若干年后，它就会归于风沙。庆幸的是，包括以李云鹤为代表的敦煌文物修复师在内的一代代莫高窟人，克服极其艰苦的物质条件，殚精竭虑，去修补莫高窟的裂痕，守护莫高窟的美，让这座艺术宝库暂缓了离去的脚步。

有人形容李云鹤，“不是在洞窟内修壁画和塑像，就是在赶赴洞窟的路上，一辈子都在和风赛跑”。他对此回应道：“这是一场注定会失败的比赛，但我们偏偏要逆天而为。哪怕和风耗一辈子，也要让莫高窟保存得久一些，再久一些，为后人留下不能复制的文明。”为了壁画和塑像的修复，李云鹤需要“跨界”掌握化学、物理、材料、水文、气象等知识，而他对壁画和雕塑的保护，又为建筑学、考古学、历史学、美学、敦煌学等学科的研究与发展提供了有益的借鉴。

在与李老的促膝长谈中，我对敦煌的历史与文化有了更深的理解和感悟，让我对中华民族的优秀传统文化更加深感自豪和敬仰。

敦煌研究院的一面墙上写着这样一句话：“历史是脆弱的，因为它被写在了纸上，画在了墙上；历史又是坚强的，因为总有一批人愿意守护历史的真实，希望它永不磨灭。”

敦煌莫高窟这颗沙漠里的艺术明珠，虽数历磨难，却也幸得守护者。从留法回国的常书鸿，到来自巴蜀之地的段文杰，再到“敦煌的女儿”樊锦诗……一代又一代的莫高窟人来到这里，坚守这里。

这样的人，还有很多。有些走进人们的视野，被人识得、记得；更多的人，默默无闻，不为人知，不被人晓。但是，他们都有同一个信念，那就是对莫高窟艺术如生命般的敬畏和挚爱，因而愿意用一生去坚守。“黄沙漠漠催白发，一生一世一敦煌”“一腔爱，一洞画，一场文化苦旅，从青春到白发”，这些言语之中饱含着莫高窟人坚守初心的率真、坚韧与担当！

坚守大漠、甘于奉献、勇于担当、开拓进取的“莫高精神”，是由几代莫高窟人在敦煌文化遗产保护、研究的实践中共同创造的，是敦煌研究院在长期发展历程中逐渐孕育发展、凝练形成的一种精神品质。

采写大国工匠李云鹤的传记，让我对敦煌、莫高窟人和“莫高精神”有了更加真切和深入的认识。我为中华优秀传统文化而自豪，为敦煌文化所震撼，为莫高窟人和“莫高精神”所感动。我坚信莫高窟艺术在“莫高精神”的映衬下必将更显辉煌！

方鸿琴

2025 年 1 月